U0461850

马克斯·弗里施寓意剧研究

吴莎 著

Eine Studie zu Max Frischs Parabelstücken

武汉大学出版社
WUHAN UNIVERSITY PRESS

图书在版编目(CIP)数据

马克斯·弗里施寓意剧研究/吴莎著.—武汉：武汉大学出版社，2024.3

ISBN 978-7-307-24167-1

Ⅰ.马…　Ⅱ.吴…　Ⅲ.戏剧文学—文学研究—瑞士—现代
Ⅳ.I522.073

中国国家版本馆 CIP 数据核字(2023)第 229948 号

责任编辑:陈喜艳　　责任校对:鄢春梅　　版式设计:马　佳

出版发行：**武汉大学出版社**　(430072　武昌　珞珈山)
(电子邮箱：cbs22@ whu.edu.cn　网址：www.wdp. com.cn)
印刷:湖北云景数字印刷有限公司
开本:720×1000　1/16　印张:10.75　字数:154 千字　插页:1
版次:2024 年 3 月第 1 版　　2024 年 3 月第 1 次印刷
ISBN 978-7-307-24167-1　　定价:55.00 元

版权所有，不得翻印；凡购我社的图书，如有质量问题，请与当地图书销售部门联系调换。

前　言

马克斯·弗里施（1911—1991 年）是瑞士最具影响力的剧作家之一。他在吸收和发展德国剧作家布莱希特的戏剧理论和戏剧形式的基础上，创作了一批蕴含深刻哲理的寓意剧，其中《毕德曼和纵火犯》和《安道尔》在世界剧坛享有盛誉。弗里施的戏剧思想和寓意剧极具研究价值，但国内缺乏相关的系统研究。本书对弗里施的寓意剧创作进行全面研究，具体分为以下六个部分：

第一部分为导论，主要概括弗里施的生平和创作，梳理德语国家与国内有关其人及其作品的研究状况，以及介绍本书的研究路径及重点等。

第二部分首先界定寓意剧的基本概念，梳理其发展历史，然后探讨弗里施与其寓意剧创作相关的戏剧思想，即作者如何看待戏剧与现实的关系以及戏剧的功能，并阐述作者产生上述戏剧思想的原因。

第三部分对弗里施早期寓意剧的表层内容、深层主题和人物形象予以分析和阐释。作者 1944 年至 1948 年撰写的《圣·克鲁兹》《他们又歌唱了》《中国长城》和《当战争结束时》四部剧作为其早期寓意剧，其内容和主题主要为以下两类：1. 对战争和极权主义的探讨，这是弗里施早期寓意剧的表现重点；2. 揭示现代西方社会中人或人与人之间关系的异化。此外，作者还在其早期寓意剧中表达了自己对人生、世界的抽象思考。以上四部剧作中的人物形象大致可划分为以下几类：战争中的侵略者、无辜受难者；极权社会中的统治者；人格分裂者以及关系畸形的夫妻。作者之所以在其早期寓意剧中表现上述内容、主题和人物形象，一方面是受其对现实世界的影射、思考及其从军经历的影响，另一方面是因为它们在一定程度上与作者青年时期的职业和婚姻经历有关。

第四部分对弗里施中晚期寓意剧的表层内容、深层主题和人物形象予以分析和阐释。作者 1951 年至 1967 年创作的《俄德兰伯爵》《唐璜或对几何学的爱》《毕德曼和纵火犯》《菲利普·霍兹的愤怒》《安道尔》和《传记》六部剧作为其中晚期寓意剧，其内容和主题主要为以下三类：1. 表现第二次世界大战和反犹太主义；2. 表现人或人与人之间关系的异化，这是弗里施这一时期的寓意剧所探讨的重点；3. 表现世界、人生的无法改变及世界的荒谬。以上六部剧作中的人物形象可大致划分为以下几类：小市民和失败的人生改造者；双重人格的人，自我迷失的人，呈现出自我认知障碍特征的人以及关系异化的夫妻。弗里施的中晚期寓意剧之所以涉及上述内容、主题和人物形象有多方面的原因，这既与作者对第二次世界大战和反犹太主义的反思有关，也与作者受存在主义哲学思潮的影响有关，同时也反映了现代西方社会中人的异化现象以及作者本人的婚恋和人生经历。

第五部分是对弗里施寓意剧艺术特征的探讨。在情节结构上，上述剧作呈现出反传统的特征；从人物刻画方式来看，弗里施在其寓意剧中采用了类型化而非典型化的方式；受布莱希特的影响，作者的寓意剧还大量运用了多种陌生化手法。此外还可在上述剧作中看到象征、暗示、滑稽、讽刺、模仿等这些常常见之于西方现代和后现代戏剧的艺术手法。

第六部分为结语，是对本书主要内容的概括总结。

目　录

第一章 导 论

本章将首先概述弗里施的生平及创作，然后分别梳理德语国家和国内有关作者及其作品的研究，最后论述本书选题的原因与目的、研究对象、方法和思路、研究难点及创新之处。

第一节 弗里施生平和创作简述

马克斯·弗里施（1911—1991 年）是瑞士当代最重要的小说家、剧作家之一，与瑞士小说家、剧作家弗里德里希·迪伦马特（1921—1990 年）并称当代瑞士文坛的双子星。弗里施还在德语乃至世界文坛上占据较为重要的地位。他的小说不仅被收录进德语国家的中学教材，而且还被译成几十种语言，在世界多个国家发行；他的剧作也获得国际声誉，其中最具代表性的《毕德曼和纵火犯》（1957）和《安道尔》（1961）被搬上世界各国的舞台，并且产生了较大影响。

弗里施 1911 年 5 月 15 日出生于瑞士苏黎世，他的父亲弗兰茨·布鲁诺·弗里施（1871—1932 年）是一名建筑师，母亲卡罗琳娜·贝蒂娜·弗里施（1875—1966 年）是一位家庭主妇。弗里施与母亲的关系较为亲密，与父亲的关系却十分紧张。他在青年时期就已经萌生了对文学的追求和渴望，并在中学时期（1924—1930 年）写了第一批戏剧作品，然而它们并未被保留下来，而是被其本人销毁。1930 年，弗里施被苏黎世大学录取，主修日耳曼语言文学，辅修法庭心理学，并自入学后的第二年起在《新苏黎世报》做兼职记者。

由于父亲在1932年去世，弗里施失去了经济来源，于是他便放弃了大学学业，全身心投入记者行业。作为记者的弗里施走访了欧洲各国，这段经历也为他此后的文学创作提供了素材，其间他还撰写了自己的第一部小说《于格·莱因哈特》（1934），该作品主要描述主人公在旅途中寻找自我的故事。1934年，弗里施结识了流亡到瑞士的德国犹太裔女子凯特·鲁本松，并与之维系了5年的恋爱关系。这段恋情不仅对弗里施的政治态度产生了影响，而且还促使他做出了弃文从理的决定。1936年他辞去记者的工作，在挚友的资助下进入苏黎世联邦理工学院攻读建筑学。入学后的第二年，弗里施发表了他的第二部小说《来自寂静的回答》（1937），并于同年与凯特分手。

1938年2月，原本打算专攻建筑学的弗里施获得“康拉德·费迪南德·迈耶文学奖”，这使他未能彻底放弃写作。自1939年10月起，由于第二次世界大战的爆发，弗里施多次被召入瑞士军队服兵役，并在此期间写下从军随笔《面包袋里的纸张》（1940），直至1945年第二次世界大战结束时，他总共服役六百余天。在服役的同时，弗里施还坚持完成了学业并成家立业。1940年，他在取得建筑学硕士学位后开始了建筑师的职业生涯，并于两年后与同事格特鲁德·康斯坦泽·冯·麦恩布尔格结婚，婚后育有二女一子。1943年，弗里施在一次建筑设计竞赛中摘取桂冠，此后便自立门户创建了自己的建筑设计工作室，尽管如此他仍未停止文学创作。1943年弗里施还对《于格·莱因哈特》进行了续写，完成了小说《难相处的人》，这部作品探讨了艺术追求和物质生活之间无法调解的矛盾。次年他创作了自己的第一部剧作《圣·克鲁兹》。1945年，弗里施撰写了游记体小说《彬，北京之行》和剧作《他们又歌唱了》，其剧作《中国长城》也在1946年被搬上舞台。以上作品的陆续问世，使得弗里施在瑞士文坛上崭露头角，他也因此结交了布莱希特（1898—1956年）、楚克迈耶（1896—1977年）和迪伦马特等一些著名作家，并结识了苏尔坎普出版社的创办人彼特·苏尔坎普。在他们的影响和鼓励下，弗里施逐渐将工作重心转移到文学创作上。此后他陆续创作了剧作《当战争结束时》（1948）、

《俄德兰伯爵》（1951）和《唐璜或对几何学的爱》（1953）。1954 年，弗里施与第一任妻子康斯坦泽分居，此时他的小说《施蒂勒》出版发行并大获成功，该作品主要表现了主人公施蒂勒身份的遗失和寻找。这部作品的成功坚定了弗里施弃理从文的决心。1955 年，他关闭了自己的建筑设计工作室，正式成为职业作家。

1957 年，弗里施创作的小说《能干的法贝尔》再次引起轰动，它也成为其最具代表性的作品之一。这部小说描写了工程师法贝尔因绝对理性的世界观而在现实生活中屡屡受挫，深刻揭示了现代西方人身陷的精神危机。1958 年，弗里施登上了其作家生涯的巅峰，他的剧作《毕德曼和纵火犯》首演后大获成功，同年他还被授予苏黎世文学奖和毕希纳奖。与此同时，弗里施结识了奥地利女作家英格博格·巴赫曼（1926—1973 年）并对她一见钟情，与巴赫曼的恋情促使他于 1959 年与康斯坦泽正式离婚。弗里施于 1961 年创作的剧作《安道尔》与《毕德曼和纵火犯》一样也被视为其最成功的剧作之一。两年之后，弗里施与巴赫曼的恋爱关系因二人各自私生活的混乱最终结束。同年，他又与小自己 28 岁的女大学生玛丽安·欧勒斯同居。之后弗里施撰写了小说《我的名字据称叫甘腾拜因》（1964）和剧作《传记》（1967）。1968 年，他与玛丽安结婚并开始周游世界，同年结交了包括德国女作家克里斯塔·沃尔夫（1929—2011 年）在内的多位作家和学者。此后，作者对瑞士的批判态度愈发明显，并发表了讽刺瑞士政府的小说《威廉·退尔教科书》（1971）和批判性文集《瑞士是祖国?》（1974）。1974 年，弗里施在美国纽约长岛的一个叫蒙托克的地方旅行时邂逅了美国女子爱丽丝·洛克-凯里，并与其有了一段婚外恋情，这段经历给予了他创作自传体小说《蒙托克》（1975）的灵感，在该书中作者交代了自己迄止那时的所有恋爱关系。1979 年弗里施与第二任妻子玛丽安离婚。

自 1978 年起，弗里施的健康状态日益恶化，他创作的文学作品的数量也逐步减少，同年他完成了自己的最后一部剧作《三联画》，该作品在主题上与他 1979 年完成的小说《人类出现于全新世》类似，展现了肉体衰老和精神衰亡给人带来的痛苦。之后弗里施在很长一段时间无法创作新作品，他在 1982 年写完小说《蓝胡子》后几近封笔。1980 年至 1984 年，弗里施与爱丽丝生活在美国，并分别在 1980 年和 1982 年被授予美国巴德学院和纽约大学的名誉教授称号。1984 年弗里施返回瑞士，与他的最后一位女性伴侣卡琳·皮利欧德一同生活。1991 年 4 月 4 日，弗里施在筹备 80 岁生日之际与世长辞。

第二节 有关弗里施及其作品研究的梳理

弗里施作为当代德语文学重要的小说家、剧作家，其生活及其作品都颇具研究价值，无论是国外还是国内都对此作了不同程度的研究。本书将分别对德语国家和国内的相关研究进行梳理。

一、德语国家有关弗里施及其作品的研究

德语国家有关弗里施及其作品的研究可分为小说研究、戏剧研究、作者生活和创作的综合性研究这三类。从数量来看，德语国家有关弗里施小说及其生活和创作的综合性研究明显多于对其戏剧的研究。

1. 小说研究

由于本书不以弗里施的小说为研究对象，这里只列举德语国家有关作者小说最具代表性的研究。其中较多的是德语国家学者对弗里施小说中身份问题及女性形象进行分析的专著，例如莫妮卡·文兹-史毕斯的《马克斯·弗里施作品中的身份问题》（主要以弗里施的小说为研究对象）（苏黎世：尤里斯出版社，1965 年），古达·卢瑟-美特斯曼的《精神分析视角下马克斯·弗里施作品中的身份问题》（主要以弗里施的小说为研究对象）（斯图加特：汉斯-迪特·海因茨出版社，1976 年），乌祖拉·豪普特的《弗里施小说中的女性角色》（伯尔尼：彼特·朗出版社，1996 年），希因·西恩的《荣格分析心理学视域下的女性画像——以马克斯·弗里施的小说〈施蒂勒〉和〈能干的法贝尔〉为例》（伯尔尼：彼特·朗出版社，1997 年），里特·波勒的《弗里施小说中的女性神话》（伯尔尼：彼特·

朗出版社，1998 年）等。

身份问题、性别研究或女性形象问题也是德语国家学者在论文中探讨的一大重要课题，这方面较具代表性的有约亨·埃勒布洛克的博士论文《身份和辩护：神学视野下的马克斯·弗里施小说研究》（1974 年），内勒·阿瓦德-珀朋蒂克的博士论文《马克斯·弗里施作品中的身份问题》（2010 年），哈泽尔·马库斯的《〈能干的法贝尔〉中的女性角色》（《戈林文学杂志（电子版）》，2001 年第 9 期），马尔库斯·奥古斯丁的《〈能干的法贝尔〉中的男性和女性画像》（《戈林文学杂志（电子版）》，2003 年第 5 期）等。此外有些论文还涉及弗里施小说中的异化和自传性问题，如里拉·科达罗的博士论文《马克斯·弗里施小说中的异化问题》（1979 年），托马斯·罗伊内的《〈施蒂勒〉中的自传性和自画像》（《戈林文学杂志（电子版）》，2001 年第 5 期），伊沃纳·艾博勒的《〈蒙托克〉中的虚与实》（《戈林文学杂志（电子版）》，2010 年第 7 期）等。

从以上所述可以看出，德语国家有关弗里施小说的研究大多集中于作者小说中的身份问题和女性问题，此外上述研究亦涉及作者小说的一些其他重要方面，如异化、自传性等。

2. 戏剧研究

与研究弗里施小说的专著相比，德语国家学者研究作者剧作的专著数量较少。曼弗雷德·尤根森的《马克斯·弗里施的戏剧》（伯尔尼：弗朗克出版社，1976 年）是迄今为止唯一一部对作者剧作进行了较为全面探究的德语专著。该书涉及作者的十部剧作，将其按照内容和形式划分为以下四类：诗式戏剧（《圣·克鲁兹》《俄德兰伯爵》《唐璜或对几何学的爱》）；辩证剧（《中国长城》《毕德曼和纵火犯》《安道尔》）；战争剧（《他们又歌唱了》《当战争结束时》）；其他戏剧（《菲利普·霍兹的愤怒》《传记》）。之后尤根森根据以上分类分别对每部剧作展开文本分析，并将其与同类型的其他剧作进行比较，借此阐释被划分为同一类型的剧作的内在联系。此外，将弗里施的某一部剧作作为研究对象的学术专著有埃德加·奈斯的《马克斯·弗里施戏剧解析——以〈中国长城〉为例》（霍尔费尔德：邦格出版社，1981 年）。该书篇幅较短，它梳理了《中国长城》的情节发展，分析了剧中的五个重要人物（现代人、秦始皇、武将、公主美兰以及哑巴）和该剧的喜剧特征，并结合历史事件对该剧的主题进行了探讨。

德语国家的部分综合性戏剧研究专著亦对弗里施的剧作予以了论述，不过这些论述的篇幅大多有限，因此未能展开全面、深入的分析。例如曼弗雷德·杜扎克的《迪伦马特、弗里施、魏斯——当代德语戏剧》（斯图加特：雷克拉姆出版社，1972 年）探讨了弗里施的《圣·克鲁兹》《他们又歌唱了》《中国长城》《俄德兰伯爵》《唐璜或对几何学的爱》《毕德曼和纵火犯》《安道尔》以及《传记》这八部剧作，分别对它们的主题、美学特征等进行了阐释，不过上述内容仅占全书的三分之一。瓦特·施密兹、克劳斯·米勒-萨格等合著的《二十世纪戏剧阐释》（斯图加特：雷克拉姆出版社，1996 年）第二卷中亦仅有两节关于弗里施剧作的研究：瓦特·施密兹分析了《毕德曼和纵火犯》的创作背景、主人公形象、主题及其现实意义；克劳斯·米勒-萨格特则对《安道尔》予以论述，并结合该剧的创作背景和人物探究了剧中的画像问题以及具有政治影射性的主题。在阿洛·阿肯佩与诺贝特·奥托·艾克合编的《二十世纪德语剧作家》（柏林：埃里希·施密特出版社，2000 年）中，克劳斯·米勒-萨格特虽将弗里施的全部戏剧作品作为研究对象，分别对它们的主要内容和主题进行了梳理，但其论述篇幅较短，仅有十余页的内容。阿克塞尔·沙尔克则在《现代戏剧》（斯图加特：雷克拉姆出版社，2004 年）一书中剖析了《毕德曼和纵火犯》中的政治隐喻和主题，不过上述内容仅有五页的篇幅。

德语国家有关弗里施剧作的论文大致可分为以下几类：(1) 将弗里施的剧作与同时代其他作家或古典作家的剧作进行比较。这方面较具代表性的有马德里安·巴赫的《布莱希特、弗里施、萨特戏剧中政治责任和道德问题》（《海外书览》，1963 年第 4 期），伊恩·阿里乌西的《弗里施与迪伦马特的剧作比较——以〈安道尔〉和〈老妇还乡〉为例》（《德语文学》，1982 年第 6 期），法比安·奥托的《弗里施与博尔歇特的剧作比较——以〈当战争结束时〉和〈在大门外〉为例》（《戈林文学杂志（电子版）》，2004 年第 8 期），克劳迪娅·柯尼希的《唐璜形象对比——以弗里施的〈唐璜或对几何学的爱〉中的唐璜、莫利纳的〈塞维利亚的登徒子〉中的唐璜以及莫里哀的〈唐璜〉中的唐璜为例》（《戈林文学杂志（电子版）》，2015 年第 6 期）等。（2）阐释弗里施戏剧中的人物形象，其中最常见的是对《唐璜或对几何学的爱》的主人公颠覆性形象的分析，如皮特·贡特鲁的《马克斯·弗里施的唐璜：传统形象的重建》（《比较文学研究》，1965 年第 2 期），皮尔森·鲁珀特的《几何学的诱惑——马克斯·弗里施笔下的唐璜》（《教育月刊》，1975 年第 3 期）等。（3）对弗里施戏剧中的婚姻、身份问题的研究。此类论文有哈德·鲁兹-欧德马特的《弗里施的〈传记〉中的婚姻模型》（《瑞士评论》，1968 年第 3 期），艾米莉亚·帕比斯的《马克斯·弗里施的〈安道尔〉中的身份问题》（《戈林文学杂志（电子版）》，2014 年第 2 期）等。（4）分析弗里施戏剧的艺术特征。这方面的论文有瓦德·雅可比的《马克斯·弗里施的〈中国长城〉：现代戏剧中思想内涵与戏剧形式的关联》（《德语教学》，1961 年第 8 期），曼弗雷德·尤根森的《马克斯·弗里施戏剧中的语言象征》（《常用词》，1968 年第 8 期），《弗里施的〈毕德曼和纵火犯〉中的荒诞与陌生化手法》（《德国学报》，1970 年第 5 期）等。

综上所述，在德语国家有关弗里施戏剧的研究中，仅有一部专著对其戏剧进行了较为全面的梳理；尽管在一些综合性戏剧研究专著中可以看到关于弗里施多部剧作的论述，但篇幅均不长，因此论述亦不够充分、细致；相关的学术论文虽涉及弗里施剧作的一些重要方面，不过亦不可能对其作整体研究。

3. 生活和创作的综合性研究

国外有关弗里施的生活和创作的综合性研究较为丰富，共出版逾十本相关著作，如阿尔图·琴默曼的《马克斯·弗里施卷宗》（伯尔尼：钟楼出版社，1981 年），卡琳·坦透-荣格与鲁兹·坦透合著的《现代古典家马克斯·弗里施》（慕尼黑：海涅出版社，1994 年），乌尔斯·比尔舍的

《除了友谊：马克斯·弗里施 1956—1991》（苏黎世：利马特出版社，2000 年），福尔克·威德曼的《马克斯·弗里施，其人生，其书》（科隆：奇维出版社，2010 年），尤利安·旭特的《马克斯·弗里施传》（柏林：苏尔坎普出版社，2011 年）等。从内容来看，上述著作都不以弗里施的小说或戏剧作为研究重点，而是选取了不同的切入点、侧重点，采用不同的叙述方式对弗里施的生平和文学创作过程进行了描述。例如《马克斯·弗里施，其人生，其书》挑选了弗里施人生中与文学创作有关的十三个重要的阶段来勾勒他的一生，而《马克斯·弗里施传》则只选取了 1911 年至 1954 年的时间段，描写弗里施从出生到成为职业作家前的人生轨迹。

二、国内有关弗里施及其作品的研究

与德语国家有关弗里施及其作品的研究不同的是，国内缺少对作者生活和创作的综合性研究，而且国内有关弗里施的小说和戏剧研究在数量上远远少于德语国家的这两类研究。与德语国家的类似，国内对弗里施小说的研究也多于对其戏剧的研究。

1. 小说研究

国内完全没有研究弗里施小说的专著，而只有一些记载有关作者小说的论述的德语文学史，如余匡复的《德国文学史》（上海：上海外语教育出版社，1991 年）和《战后瑞士德语文学史》（上海：上海外语教育出版社，1992 年），韩瑞祥与马文韬合著的《20 世纪奥地利瑞士德语文学史》（青岛：青岛出版社，1998 年）等。前两本文学史均分析了弗里施的《难相处的人》《施蒂勒》《能干的法贝尔》以及《我的名字据称叫甘腾拜因》四部小说的内容、主题和形式，第三本文学史则剖析了《施蒂勒》《能干的法贝尔》和《我的名字据称叫甘腾拜因》的内容和主题。不过以上三本文学史中相关论述的篇幅均较短。

国内探讨弗里施小说的论文分为以下几类：(1) 对身份问题、自我认同问题的研究。涉及该问题的有李江凡的博士论文《马克斯·弗里施小说中身份问题研究——以〈施蒂勒〉、〈能干的法贝尔〉和〈我的名字就叫甘滕拜因〉为例》(2013年),王曼琳的硕士论文《瑞士社会个人自我认同问题——马克斯·弗里施的小说〈施蒂勒〉》(2011年),冯小俐的《"我不是施蒂勒!"——马克斯·弗里施日记体长篇小说〈施蒂勒〉体现的自我认同问题》(《四川外语学院学报》,2004年第5期)等。(2)对弗里施小说的原型、技术人、工具理性批判、叙述方式等方面的研究。此类论文包括陆飞凤的硕士论文《马克斯·弗里施小说〈能干的法布尔〉"原型"研究》(2017年),毛冬妍的《技术人Faber的转变——试析瑞士作家马克斯·弗里施〈能干的法布尔〉(Homo Faber)中主人公的转变》(《安徽文学》,2008年第12期),冯亚琳的《马克斯·弗里施〈能干的法贝尔〉中的记忆与工具理性批判》(《德语人文研究》,2013年第6期),陈仁霞的《文明的尴尬——解读弗里施的小说〈能干的法贝尔〉》(《当代外国文学》,2001年第11期),赵燕蕊的《论弗里施〈我的名字据称叫甘腾拜因〉的"不确定性"叙事》(《赤峰学院学报》,2017年第6期)等。国内有关弗里施小说的论文虽涉及其不同方面,但它们大多集中于《施蒂勒》、《能干的法贝尔》以及《我的名字据称叫甘腾拜因》这几部小说,鲜有研究弗里施其他小说的论文。

2. 戏剧研究

和弗里施小说研究一样,国内的弗里施戏剧研究亦无专著,现有的只是一些德语文学史中的相关论述,例如上文提到的余匡复的《德国文学史》和《战后瑞士德语文学史》,韩瑞祥与马文韬合著的《20世纪奥地利瑞士德语文学史》,以及范大灿主编的《德国文学史》(第5卷)(李昌珂著,南京:译林出版社,2008年)等。上述几部文学史分析了弗里施的《毕德曼和纵火犯》《安道尔》等多部剧作的内容和主题。不过以上分析均因篇幅较短而未对其予以深入论述。

与国内研究弗里施小说的论文相似,国内相关的戏剧研究也多以画像或身份问题为切入点,如顾静的硕士论文《马克斯·弗里施作品中的画像问题——以戏剧〈安道尔〉为例》(2008年)和黄蓉的硕士论文《身份认同困境——以马克斯·弗里施的戏剧〈安道尔〉为例》(2014年)。前者阐释了《安道尔》中的画像问题，并探讨了这一问题所具有的现实意义，后者则对剧中主人公安德里的身份认同困境予以研究。此外，国内有关弗里施戏剧的论文还涉及其他方面。李江凡的硕士论文《马克斯·弗里施戏剧〈毕德曼和纵火犯〉的影射与警示意义》(2010年）通过对该剧情节和人物的分析探究蕴含于其中的深刻主题，揭示该剧的现实意义以及对未来灾难的警示；严程莹在《谁对安德利的死负责——马克斯·弗里施的〈安道尔〉赏析》(《戏剧之家》，2010年第2期）中从社会学角度对《安道尔》的主题进行了剖析。总体来看，国内有关弗里施戏剧的论文虽探讨了一些重要课题，但它们大多分析的是《毕德曼和纵火犯》和《安道尔》这两部剧作，缺乏对他其他剧作的论述。

第三节 研究对象、路径及重点

一、研究对象、方法及思路

本书的研究对象是弗里施在其创作活跃期（20世纪40年代至60年代）撰写的十部寓意剧，即《圣·克鲁兹》《他们又歌唱了》《中国长城》《当战争结束时》《俄德兰伯爵》《唐璜或对几何学的爱》《毕德曼和纵火犯》《菲利普·霍兹的愤怒》《安道尔》和《传记》，主要以《马克斯·弗里施作品全集》(法兰克福：苏尔坎普出版社，1976年）中上述十部剧作的德语文本为依据，另外还参考了《弗里施小说戏剧选》(下）(蔡鸿君选编，蔡鸿君、任庆莉、马文韬、吴建广译，合肥：安徽文艺出版社，1993年）中以下四部剧作的汉语译本，即《中国长城》《唐璜或对几何学的爱》《毕德曼和纵火犯》以及《安道尔》。由于弗里施的寓意剧创作与他的戏剧观、世界观、人生观、各方面的思想、个人经历、婚姻生活等有着千丝万缕的联系，因此本书也会涉及上述内容，而这些主要见之于弗里施的日记、散文、随笔和部分叙事文学作品，如《日记1946—1949》《日记1966—1971》《散文集1955—1956》《散文集1957—1963》《散文集1964—

1966》《散文集 1966—1967》自传体小说《蒙托克》等。此外，本书还将探究作者所处的时代状况，借此把握他的世界观、人生观、思想及其寓意剧创作产生的原因。

本书采用的研究方法主要有：1. 文本分析法。本书通过对弗里施寓意剧的文本研究，找出作者不同创作阶段的寓意剧在内容、主题、人物等方面的特点及其具体表现，并对这些剧作的艺术特征进行分析；2. 理论分析法。在对弗里施寓意剧人物形象的具体分析中，本书将运用弗洛伊德的精神分析学、现代变态心理学等理论；3. 比较文学研究法。在对弗里施寓意剧表现形式的探究中，本书还将其与布莱希特的剧作进行对比，以此说明弗里施对布莱希特剧作艺术手法的继承和发展；4. 实证研究法。本书将结合弗里施所处的时代背景、自身经历等对其寓意剧创作的原因进行探究，以便更深入地理解其内涵。

本书的思路大致如下：

首先，对寓意剧的基本概念进行界定，概述其历史发展，并进一步探讨弗里施与其寓意剧创作相关的戏剧思想，以便对其寓意剧的创作原因有更深刻的理解。

其次，本书将分别对弗里施早期创作的四部寓意剧的表层内容、深层主题与人物形象予以分析，进而探究作者之所以表现以上内容、主题以及人物形象的原因。

再次，本书将对弗里施中晚期创作的六部寓意剧的表层内容、深层主题与人物形象予以分析，并结合上一部分的内容探讨作者早期和中晚期寓意剧之间的异同点和关联，并剖析作者在中晚期寓意剧中表现以上内容、主题以及人物的原因。

接下来本书将对弗里施早期和中晚期寓意剧的艺术特征进行分析，探讨其情节结构、人物刻画方式、陌生化手法以及其他较具代表性的表现手法。

最后，本书将对以上内容进行概括，以此对弗里施寓意剧研究的结果进行总结。

二、研究难点及创新之处

本书的研究难点主要在于：1. 对弗里施戏剧思想的梳理。在对作者寓意剧内容和形式上的特征进行分析之前，本书首先探讨的是弗里施与其寓意剧创作相关的戏剧思想。由于作家本人并未集中地阐述过自己的戏剧思想，并且国内外也缺乏相关研究，因此在梳理弗里施的戏剧思想时必须从他大量的日记、随笔、散文中找出相关论述，而这又需要花费大量时间和精力；2. 对弗里施寓意剧中所表现的内容、主题和人物形象的原因的剖析。为深度解读弗里施的寓意剧，笔者在研究其早期和中晚期寓意剧的内容、主题和人物形象之后，还将分别探讨作者之所以在两个不同时期的剧作中表现以上所述的原因，这就要求笔者较全面地把握弗里施所处时代的状况、其在创作上述寓意剧时的思想及其个人经历、婚姻生活等。这不仅需要本书作者查找大量资料，而且也对其独立思考能力、归纳概括能力等提出了较高要求。

本书的创新之处主要体现在：1. 对弗里施的戏剧思想及其产生的原因进行了较为全面的梳理和较为深入的分析；2. 将弗里施的寓意剧划分为早期和中晚期两个阶段，对其内容、主题、人物、艺术手法进行全面、深入、细致的研究，同时还在研究过程中采用多种方法。

第二章　寓意剧的概念、历史发展及弗里施与寓意剧创作相关的戏剧思想

本章将对寓意剧的概念予以界定，对其发展历史予以梳理，并进一步探讨弗里施与其寓意剧创作相关的戏剧思想。

第一节　寓意剧的概念和历史发展

汉语的“寓意剧”译自德语的“Parabelstück”，从词语构成上可以看出，这种戏剧形式体现了“Parabel”的诸多特点。“Parabel”本意为寓言。按照《辞海》（1990）的解释，它是一种“带有劝喻性和讽刺性的小故事。结构大多简短，主人公可以是人也可以是生物和非生物。主题是借此喻彼，借远喻近，借小喻大，寓较深的道理于简单的故事中”①。德语《梅茨勒文学词典》（2007）对寓言的特点作了以下解释：“寓言是一种短小精悍的、虚构性叙事文学体裁，读者可通过文本中特定的转移信号寻找出一个不同于原字面意思的深层含义。”② 寓言的根本性特征在《西方文学术语辞典》（1989）中阐述得更为清晰：“寓言是指在一部作品中寄予着双重意义，一重是主要的或表层的含义，一重是第二位的或深层的含义。所以

① 舒新城．辞海［M］．上海：上海辞书出版社，1999：15.

② SCHWEKLE G，SCHWEKLE I. Metzler Lexikon Literatur［M］．Stuttgart：J. B. Metzler，2007：567.

寓言是指一个具有双重以上含义的故事。”① 按照德语《戏剧百科词典》（2007）的阐述，寓言的特征大致有以下几点：1. 简短精炼的篇幅；2. 譬喻是不可缺少的，文本中至少存在一个显露的或是暗含的转移信号，即明喻或暗喻；3. 借助譬喻表现一个区别于文本表面意思的深刻道理或主题，蕴涵教育意义。② 综上所述，寓言作为一种篇幅短小精悍的文学体裁通常借助比喻的艺术手法来表现某个深刻的道理，因此它包含两部分不同的内容：被叙述的内容（即可以直接被读者阅读的故事）以及所要表达的思想内容（即故事深层含义），前者是后者的载体和依据。

寓意剧正是吸收了寓言的上述特点而形成的戏剧类型。根据德语《戏剧百科词典》（2007）的阐释，寓意剧是“具有寓言特征的戏剧”③。和寓言相同的是，寓意剧也包含着两部分内容：其一是观众可以直接观看到的、虚构出来的故事，即它的表层内容；其二是运用比喻手法创作的故事所表现的抽象的哲理或观念，即它的深层主题。寓意剧与通常以一个虚构的故事作为意义载体的寓言如出一辙，它不以真实的现实世界作为表现对象，而是借助比喻的艺术手法建立一个非真实的、非历史的虚构范例或模型，将其作为表达思想的手段。德语《戏剧百科词典》（2007）指出，在寓意剧中“普遍的教诲、哲理或道义在教育、启发观众的意图下被转换成一种使人容易记住的比喻”④。

寓意剧早在欧洲中世纪就已形成雏形，它由盛行于中世纪晚期的道德剧（Moralitäten）演变而来。根据《梅茨勒文学词典》（2007）中的解释，道德剧是“中世纪晚期的一种具有教育倾向的戏剧形式：它是将抽象的概念和特性（美德与恶习，生与死）人格化。借助通俗易懂的元素以及鲜活

① 佘江涛．西方文学术语辞典［M］．郑州：黄河文艺出版社，1989：400-401.

② BRAUNECK M. Theaterlexikon 1, Begriffe und Epoche, Bühnen und Ensembles [M]. Hamburg: Rowohlt Verlag, 2007: 306.

③ BRAUNECK M. Theaterlexikon 1, Begriffe und Epoche, Bühnen und Ensembles [M]. Hamburg: Rowohlt Verlag, 2007: 771.

④ BRAUNECK M. Theaterlexikon 1, Begriffe und Epoche, Bühnen und Ensembles [M]. Hamburg: Rowohlt Verlag, 2007: 771.

的景象将教义和修辞相结合是道德剧的一大特点"①。道德剧主要探讨三个方面的内容：死亡的艺术；美德之间的争论；人性的善恶之争。道德剧的特征首先体现在明显的比喻性上：它的情节一般为被比喻成人的抽象概念之间的斗争。这就是说，抽象的概念或人的品质在道德剧中进行了拟人化的艺术处理，成为具体的、可辨认的主要人物；而道德剧中各抽象概念之间的斗争也就是通过这些被艺术处理后的人物之间的搏斗来表现。② 例如在最典型的道德剧情节中，"善"与"恶"直接由人来扮演，剧中二人之间的冲突和斗争也就象征着善与恶两种品质的斗争。其次，道德剧具有强烈的说教性：道德剧的目的仅在于对观众进行道德训诫，因此道德剧的内容也具有一定的模式化特征。例如道德剧中典型的善恶之争，最后必然会由扮演"善"的角色取胜，寓意着善良与正义终究会战胜邪恶，借此在伦理道德层面对观众进行教育。这种带有浓厚教育气息的比喻性戏剧之所以在中世纪滋生萌芽并得以发展，与中世纪基督教会宣扬基督教思想和理念有着密切联系。中世纪平民百姓的文化水平相对低下，大多数人处于目不识丁的状态，因此他们无法掌握或是看懂晦涩难懂的布道文或教义内容。而道德剧则将基督教试图传播给大众的思想或理念变成拟人化的表演，这种被简化、通俗化的基督教思想足以使缺乏知识的普通人理解。由于道德剧在艺术手法的运用、主题的选取以及戏剧功能等方面都具有一定的局限性，中世纪结束之后，仅服务于宗教宣传的道德剧也随之退出了历史的舞台。

从道德剧发展而来的寓意剧在 20 世纪德语剧坛重获新生，而这又有着特定的时代背景。自 19 世纪末起，西方心理学、哲学以及社会学等领域得到了长足发展，这些日趋发达的学科大量渗透到文艺运动当中，并丰富、发展了文学。总体来看，在现代心理学、哲学和美学的影响下，西方现代

① SCHWEKLE G, SCHWEKLE I. Metzler Lexikon Literatur [M]. Stuttgart: J. B. Metzler, 2007: 513.

② BRAUNECK M. Theaterlexikon 1, Begriffe und Epoche, Bühnen und Ensembles [M]. Hamburg: Rowohlt Verlag, 2007: 674.

主义文学侧重对朦胧深奥、复杂隐晦的感受进行探索和挖掘，其主题思想更具深度和广度，有明显的哲理性倾向；此外，在表达作品思想的方式上现代主义文学主张重艺术想象、强调文学的暗示性，不再追求平铺直叙的描写方法，广泛运用意象比喻，使得抽象化、比喻性成为现代主义文学的一大鲜明特征。自20世纪20年代起，德国剧作家布莱希特首先开始进行一系列蕴含哲理、比喻性强的寓意剧实验。他创作的寓意剧在内容上具有类似于中世纪道德剧的比喻性特征，同时也表现出明显的教育倾向。但不同于道德剧的是，布莱希特寓意剧的深刻内涵不以通俗化、简化的人格化方式直接呈现给观众。他通常在寓意剧中构建一个有别于现实世界、但影射现实世界的外在内容，将哲理借助象征、抽象、隐喻等手段隐藏于戏剧之中。布莱希特指出："一般来说，在一件艺术作品中越容易看到真实情况，这件艺术作品就越具有现实主义精神。我现在提出一个与此不同的定义：在一件艺术作品中，越便于认识其中所包含的现实，它就越具有现实主义精神。"① 尽管布莱希特寓意剧隐含的哲理具有很强的现实性，但这些哲理并不借助写实的外在形式进行表现。在布莱希特看来，揭示现实世界本质的艺术作品并不一定要对现实进行逼真的描写，重要的是让接受者去发现蕴含在作品内部的现实。

继布莱希特之后，弗里施也开始了寓意剧的创作。弗里施的寓意剧在很大程度上与布莱希特的寓意剧相似，它不摹写现实世界，而是通过建立一个不具有真实时代背景的、不与现实世界相符的故事模型来影射历史与现实，即通过各种艺术手段将寓意剧包含的两部分内容（戏剧的表面内容以及被寄予在情节之下的道理或哲理）有机地结合起来。弗里施也强调了其寓意剧的上述特征，他指出："寓意剧不在舞台上模仿所谓的现实，仅通过由戏剧表演所创造的思想让我们意识到现实世界；戏剧场景显然不能是历史的，它必须是虚构成范例的、作为模型的，且由艺术素材构成。"②

---

① 余匡复．德国文学史：下卷［M］．上海：上海外语教育出版社，2013：36.

② FRISCH M. Gesammelte Werke in zeitlicher Folge：Band Ⅴ Ⅱ［M］. Frankfurt am Main：Suhrkamp Verlag，1976：477.

弗里施在他最具代表性的寓意剧《安道尔》（1961）中将名为“安道尔”的虚构国家作为模型向观众展示了一个可能的世界，为避免观众对剧中安道尔产生误解，弗里施特意作了以下强调：“该剧中的安道尔与现实中的小国安道尔毫无关联，也不是指另外一个真实存在的小国；安道尔是一个模型的名字。”① 也就是说，该剧中的安道尔实际上是作者构建出的一个超脱现实世界的模型，它只是被用以比喻有关现实世界的某种普遍性哲理。弗里施之所以在戏剧创作中采用寓意剧的形式，与其对戏剧与现实的关系、戏剧功能的看法密切相关。首先，寓意剧借助“模型”来比喻“哲理”的形式吻合了弗里施对戏剧与现实问题的看法，即戏剧并非模仿世界，而是解释世界；其次，弗里施主张戏剧应在激发观众的理性思考并提高其对现实世界的认识方面起积极作用，从戏剧接受的角度来看，其寓意剧也恰恰能够产生此种效果。对此本书将在本章第二、三节进行深入探讨。

第二节　弗里施有关戏剧与现实关系问题的论述

在文学或戏剧与现实关系的问题上，亦即文学或戏剧的本质问题上，弗里施强调其不是对现实的纯粹再现。他认为戏剧不模仿现实世界，而是以表演的形式通过对从现实存在中提取的素材进行变形（艺术加工）来阐释世界。弗里施有关戏剧本质的看法正是他创作不再现现实世界、借助虚构范式来阐释世界的寓意剧的一个重要原因。

一、否定“模仿说”，提出“解释说”

弗里施否定了文学艺术是对现实世界的模仿，提出文学艺术是对世界进行解释的观点。

---

① FRISCH M. Gesammelte Werke in zeitlicher Folge: Band Ⅳ Ⅱ [M]. Frankfurt am Main: Suhrkamp Verlag, 1976: 462.

弗里施的上述观点与西方传统的文学观是截然不同的，因为在看待“世界”与“作品”的对应关系上，西方传统文学观认为文学艺术是对外界事物的“模仿”。模仿说最早来源于古希腊柏拉图的《理想国》，他在书中写道：“一切诗人都只是模仿者，无论是模仿德行，或是模仿他们所写的一切题材。”① 这一观点由亚里士多德进一步深化，他认为作家创作文学作品实质是对现实世界的摹写。亚里士多德在《诗学》第一章就对文学艺术的本质做了以下阐释：

史诗和悲剧、喜剧和酒神颂以及大部分双管萧乐和竖琴乐——这一切实际上都是摹仿，只是三点差别，即摹仿所用的媒介不同，所取的对象不同，所采用的方式不同。有一些人（或凭艺术，或靠经验），用颜色和姿态来制造形象，摹仿许多事物，而另一些人则用声音来摹仿；同样，像前面所说的几种艺术，就都用节奏、语言、音调来摹仿［……］而另一种艺术则只用语言来摹仿，或用不入乐的散文，或用不入乐的“韵文”。②

亚里士多德在这里指出文学艺术的本质在于对现实世界的模仿，而不同的文学艺术种类之间的差别仅在于它们用来模仿的媒介、模仿的对象以及方式的不同。对于戏剧的模仿本质他又在《诗学》中做了进一步阐述：

悲剧是对于一个严肃、完整、有一定长度的行动的摹仿；它的媒介是语言，具有各种悦耳之音，分别在剧的各部分使用；摹仿方式是借人物的动作来表达，而不是采用叙述法［……］喜剧总是摹仿比我们今天的人坏的人，悲剧总是摹仿比我们今天的人好的人。③

---

① 柏拉图．文艺对话集［M］．朱光潜，译．北京：人民文学出版社，1997：76.

② 亚理斯多德．诗学［M］．罗念生，译．上海：上海世纪出版社，2005：17.

③ 亚理斯多德．诗学［M］．罗念生，译．上海：上海世纪出版社，2005：20，30.

按照亚里士多德的观点，戏剧的本质也是对现实的模仿：其模仿的对象是现实生活中人的行动，模仿所用的媒介是语言，模仿的方式是人物的动作，即表演。

19世纪末西方现代主义文学兴起之前，“模仿说”一直在西方保持着统治地位。而弗里施则否认艺术是对现实的模仿，并认为应将人们从现实生活中解救出来。他如此说：“我不看那些呈现血淋淋生活（生命）的艺术；它（生命）只有母亲们才能够给我们。至于诗人能够给予的恰是将我们从血淋淋生活中解救出来的游戏。”① 弗里施同样认为戏剧也并非直接模仿现实世界，他认为“戏剧从来没有模仿过现有的世界”②，因为“戏剧总是对现实世界进行变形”③。在弗里施看来，即使是在“模仿说”形成雏形的古希腊时期，悲剧作家埃斯库罗斯和索福克勒斯所创作的悲剧也并非对古希腊社会的模仿，而是希腊神话或传说的艺术加工；虽然与他们同时代的喜剧作家阿里斯托芬的戏剧内容更接近当时的社会，但其模仿也是通过将现实世界映射在一个构想出的世界里来实现的，即并非是对现实世界的直接再现。按照弗里施的观点，人们同样不能将古希腊之后的戏剧视为对现实世界的模仿，因为无论是哪个时代、何种流派的戏剧最终展示给人们的仅仅是戏剧本身，而不是作者所处时代的现实世界，人们从中无从获知已经消逝了的世界的原貌。弗里施认为，在此情况下断定戏剧是对当时社会的摹写是不恰当的，因为“事后将那些剧本视为对已不存在的世界的模仿是一种可想而知的错觉”④。

不过尽管弗里施否认戏剧是对现实世界的模仿，但在他看来戏剧并非

---

① FRISCH M. Gesammelte Werke in zeitlicher Folge：Band Ⅲ Ⅰ [M]. Frankfurt am Main：Suhrkamp Verlag，1976：357.

② FRISCH M. Gesammelte Werke in zeitlicher Folge：Band Ⅴ Ⅱ [M]. Frankfurt am Main：Suhrkamp Verlag，1976：344.

③ FRISCH M. Gesammelte Werke in zeitlicher Folge：Band Ⅴ Ⅱ [M]. Frankfurt am Main：Suhrkamp Verlag，1976：344.

④ FRISCH M. Gesammelte Werke in zeitlicher Folge：Band Ⅴ Ⅱ [M]. Frankfurt am Main：Suhrkamp Verlag，1976：344.

与现实世界毫无关系。弗里施认为戏剧所表现的不是现实世界本身，而是一个对现实中的素材进行变形所创造出来的世界，即“一个可表演的、可认识的世界，一个允许变形的世界”①。弗里施强调戏剧是一种对现实的“变形”，因为只有“变形”后的世界才可能在戏剧中被表演、被认识。对于此种戏剧变形弗里施还作了进一步阐释：“每一场、每一段叙述、每一景、每一句话都意味着改变：不是对世界的改变，而是对我们从世界中提取的素材的改变；为了能使其得以描绘（上演）而做的改变。”② 弗里施所说的“变形”主要指对源于现实世界的人物、事件等进行艺术加工，从而使其具有被展示、被表演的可能性。

从以上所述不难看出，对现实世界的模仿并非弗里施所认同的文学艺术或戏剧的本质。按照他的观点，文学艺术或戏剧的本质在于阐释，任何艺术作品都是作者对现存世界的一种解释。他在探究艺术本质时曾提出这样一个问题：“我们想从艺术中得到什么？这始终是个问题：生活的替代品或是生活的解答？”③ 弗里施在该问题中提出的选项之一“生活的替代品”显然指艺术是对现实进行再现的观点，而这正是他所否定的；因此艺术对弗里施而言应是“生活的解答”，即它不是对现实的复制，而是对现实的解释。对此他在《没有幻觉的戏剧》（1948）一文中作了更为明确的说明：“特别是在艺术中唯一的可信性绝不是从一个与生活相似的现象中产生的，而是从解释的说服力中产生，这种解释是一种涉及现实生活的解释，并且它还是一种表现为二次的、另一种样子的、自发产生的解释：表现为艺术作品。”④ 弗里施在此指出，艺术真实并不等同

① FRISCH M. Gesammelte Werke in zeitlicher Folge：Band Ⅴ Ⅱ ［M］. Frankfurt am Main：Suhrkamp Verlag，1976：346.

② FRISCH M. Gesammelte Werke in zeitlicher Folge：Band Ⅴ Ⅱ ［M］. Frankfurt am Main：Suhrkamp Verlag，1976：346.

③ FRISCH M. Gesammelte Werke in zeitlicher Folge：Band Ⅲ Ⅰ ［M］. Frankfurt am Main：Suhrkamp Verlag，1976：357.

④ FRISCH M. Gesammelte Werke in zeitlicher Folge：Band Ⅱ Ⅰ ［M］. Frankfurt am Main：Suhrkamp Verlag，1976：335，336.

于现实生活的真实，因为它并非从“一个与生活相似的现象”中产生。虽然艺术是“一种涉及现实生活的解释”，但它不是直接对现实生活进行解释，而是通过对源于现实生活的素材进行主观的变形（艺术加工）来解释现实生活。

在探讨戏剧本质时弗里施也持有相同的看法。他在发表于1960年的《我们对故事的渴望》一文中这样写道：“一个并不存在的场所被创造了出来，一个超越了现实世界的场所：一个表演的场所；舞台并不意味着世界，舞台解释世界。”① 上述引文指出戏剧本质的两方面内容：解释与表演。在此弗里施首先指出戏剧解释世界的本质，他认为戏剧是一个“超越了现实世界”的存在，戏剧并不展示现实世界，而是对它进行解释，即戏剧呈现给观众的是剧作家依照自己的观察和分析对现实世界中的人物、事件等客观存在的理解、阐释；其次，在上述引文中弗里施还将戏剧舞台定义为“一个表演的场所”。他在《二次幻觉》（1967）一文中如此写道：“戏剧能够做到的很多：也就是能够做到纯粹生活所不允许的：表演。表演并非对现实的复制，而是在我们意识的舞台上对现实的阐释。”② 这段引言表明，弗里施认为戏剧最终是通过在舞台上表演的方式来阐释现实世界。戏剧作为一门综合性艺术必然要在舞台上以表演的方式呈现给观众，因此可以说表演是戏剧艺术的一个基本特性；但在弗里施看来，戏剧表演也绝非对现实世界的模仿或直接再现，而是以此种方式在舞台上主观地“阐释”现实。

二、否定“模仿说”的原因

弗里施之所以在文学艺术和戏剧本质问题的探讨中否定“模仿说”，与其对现实世界和语言的看法密切相关。

---

① FRISCH M. Gesammelte Werke in zeitlicher Folge：Band Ⅳ Ⅰ ［M］. Frankfurt am Main：Suhrkamp Verlag，1976：264.

② FRISCH M. Gesammelte Werke in zeitlicher Folge：Band Ⅴ Ⅱ ［M］. Frankfurt am Main：Suhrkamp Verlag，1976：476.

（一）弗里施认为现实世界不可模仿、不可描述

首先，按照弗里施的观点，世界从本质上来说无法被艺术模仿，因为“人们是无法言说真实的。它就是它本身。真实并不是故事，它没有开头和结尾，它不是存在就是不存在，它是穿过我们幻想世界的裂缝，是经验，而非故事。所有的故事都是被创造出来的，都是想象的游戏，是经验的构想。”① 在弗里施看来，客观存在的外在世界是一种难以用语言和文字记录的“真实”，而可以被模仿的世界实际上是作为接受主体的人在接触“真实”世界过程中产生的主观感受和体验。即便是提倡客观、如实地再现现实世界的剧作家，也只能摹写自身主观体验中的世界。这个世界被弗里施称作“经验的构想”，即作家自认为真实、实际上却是虚构的世界。

其次，弗里施认为当今世界本身错综复杂，以至于它无法被描述。1964 年他在法兰克福戏剧研讨会上作了一个题为《作家与戏剧》的演讲，他在其中对同时代剧作家迪伦马特提出的“戏剧能够再现今天的世界吗?”这一问题作了回答。弗里施认为迪伦马特提出的问题本身比可能得到的答案更让他震惊，因为他认为当今世界是不可被模仿的。弗里施如此说道：“我们越接近当下、越了解现有的世界，我们就越明白这错综复杂的现实是多么无法模仿。”② 弗里施身处社会动荡的 20 世纪，现实的因素影响着他看待世界的眼光。从 20 世纪初期至弗里施发表上述看法的 20 世纪中后期，西方社会发生了一系列巨变：一方面，在经济体制上西方确立了垄断资本主义，现代资本主义的生产关系促使西方社会逐步向城市化、工业化、机械化发展，社会分工更为细致复杂；另一方面，两次世界大战促使西方政治格局发生巨大变化，形成了分别以美国和苏联为首的北

① FRISCH M. Gesammelte Werke in zeitlicher Folge：Band Ⅳ Ⅰ［M］. Frankfurt am Main：Suhrkamp Verlag，1976：262.

② FRISCH M. Gesammelte Werke in zeitlicher Folge：Band Ⅴ Ⅱ［M］. Frankfurt am Main：Suhrkamp Verlag，1976：344.

约和华约的军事对峙及其对第三世界展开争夺的局面。这不仅表现在经济上的互相封锁，还表现在军事上的激烈竞争以及意识形态上的相互攻击。这种两极格局使国际关系日益复杂。由于两个军事集团扩军备战，局部战争不断，世界处于核战争的威胁之下。弗里施作为这一时代的见证者，深感世界因其错综复杂，令人难以把握。因此，他最后对“戏剧能够再现今天的世界吗？”这一问题作了如下回答：“戏剧自始至终只能表现艺术：作为对世界不可描述性的回答。能够模仿的只有诗（即经验的构想）。”①

（二）弗里施怀疑语言的功能，认为语言并不具备描绘现实、表达人的思想和感情的能力

弗里施在《写给读者》（1964）一文中写道：“新文学的基本特征是其具有科研倾向，其主题是对真理的寻求，以及人类面临着无法用传统语言表达的新的现实。我所知道的是，甚至用来武装我们的语法句法也表明它们只不过是无用的工具。”② 他在随笔中还如此写道：

> 重要的是：无法言说之事，语言之间的空白，而语言永远只谈论那些并非我们真正想说的无关紧要之事。［……］做出的陈述永远都不会包含我们真正的体验，它们仍是无法言说的……
>
> 也许我们力求表达所有能被言说之事；但语言就好比是一把凿子，它打碎了所有被表达出来的东西，所有的诉说都意味着疏离。［……］所有终将成为语言的东西都会成为某种空白。③

① FRISCH M. Gesammelte Werke in zeitlicher Folge: Band V Ⅱ [M]. Frankfurt am Main: Suhrkamp Verlag, 1976: 344-345.

② FRISCH M. Gesammelte Werke in zeitlicher Folge: Band V Ⅱ [M]. Frankfurt am Main: Suhrkamp Verlag, 1976: 328.

③ FRISCH M. Gesammelte Werke in zeitlicher Folge: Band Ⅱ Ⅱ [M]. Frankfurt am Main: Suhrkamp Verlag, 1976: 378-379.

由上述引文可知，弗里施认为人无法借助语言来描绘当今的现实世界，因此即便语言是文学（戏剧）最为重要的媒介，也被他称作“无用的工具”。此外，弗里施还否定了语言表达人的思想、感情的功能，他认为“词”不能“达意”，即语言无法表述人真正想要表述的内容；弗里施还将语言视为“凿子”，按照他的观点，语言意味着意义的瓦解，因此语言什么也不能传达。由于弗里施认为作为文学（戏剧）媒介的语言不具备表达事物的能力，在他看来其必然无法对现实世界进行模仿。

弗里施的上述看法显然是在西方现代语言学、哲学对传统语言观否定的影响下产生的。语言是模仿现实、表达思想和感情的工具这一传统观点自20世纪以来便遭到了西方语言学家和哲学家的批判和否定。瑞士语言学家索绪尔（1857—1913年）开创了现代结构语言学，并奠定了西方现代语言学的基础。他认为语言是一个符号体系，该体系中的所有符号都是由代表声音形象的“能指”（signifiant）和代表事物概念的“所指”（signifie）组成。索绪尔在其著作《普通语言学教程》（1931）中强调：“语言符号连接的不是事物的名称，而是概念和音响形象。语言是一种符号系统，在这系统里，语言符号所包含的两项要素都是心理的，而且由联想的纽带连结在我们的头脑里。”① 索绪尔的上述说明强调了语言符号主观性的特征。在他看来，语言符号与其所指的现实之间并不存在必然的联系：因为这些符号直接联系的是人们对事物的经验，并有赖于使用语言的个体或群体对外界事物的认识，所以语言符号所反映的并非真正的客观世界。索绪尔具有开创性的语言学观点对西方现代哲学中的语言学转向产生了深远影响。语言学转向是现代西方哲学的一个重要特征，在这次转向中语言作为一个独立的规则系统成为哲学讨论的起点和基础。总的来看，现代哲学对语言描述客观世界、表达思想和感情的功能提出了质疑，认为语言与现实世界是分离的，而探讨“我们如何表述我们所知晓的世界的本质”② 便成为了其

---

① 索绪尔．普通语言学教程［M］．高名凯，译．北京：商务印书馆，1980：147-148.

② 朱立元．当代西方文艺理论［M］．上海：华东师范大学出版社，2012：7.

关注的重点。包括海德格尔、伽达默尔、德里达等在内的许多现代西方哲学家认为，并非说话主体在理性地使用、支配语言，相反是语言在控制说话主体，甚至阻碍人的思想、感情的表达以及人与人之间的沟通。而西方现代语言学、哲学对语言的怀疑自然也渗透到包括弗里施在内的现代西方作家的思想中。

第三节　弗里施有关戏剧功能问题的论述

在对戏剧功能的探讨中，弗里施持有审美、娱乐与思考并重的立场。在他看来，戏剧在为观众带来审美享受与精神愉悦的同时，还应具有激发观众进行理性思考的功能，并由此起到提高观众认识、理解世界的能力的作用。从戏剧接受效果来看，这也是弗里施之所以创作寓意剧的又一个重要原因。此外，他还对布莱希特所提出的戏剧应教育观众和改变世界的观点予以了反驳。

一、戏剧的审美、娱乐以及激发观众理性思考并提高其认识的功能

弗里施认为艺术最基本的功能是审美和娱乐。他指出："只要不是蹩脚的艺术，本身就应该有一些让人不那么费劲就能享受的东西。"① 因为艺术本身具有美的特质，好的艺术作品可以使接受者获得审美享受和精神愉悦。因此弗里施此处所说的艺术"享受"既指艺术的审美功能，也指艺术的娱乐功能。

同布莱希特一样，弗里施认为戏剧还应具有激发观众理性思考并提高其对现实世界认识的功能。他在 1946 年的一则日记中这样写道："我认为，如果一部戏剧能够成功地提出一个问题，以至于观众们从此刻开始不

① FRISCH M. Gesammelte Werke in zeitlicher Folge: Band Ⅴ Ⅱ [M]. Frankfurt am Main: Suhrkamp Verlag, 1976: 342.

从自己的生活中找到问题的答案便无法生活，那么作为一个剧作家他的任务就彻底完成了。"① 而从弗里施的戏剧创作来看，它既是其对现实世界所作出的"阐释"，同时也是其表达自己的历史观、世界观以及哲学见解的一个重要途径。结合本章第一节的内容可知，弗里施的寓意剧创作在一定程度上便是基于这一观点。他的寓意剧不仅蕴含深刻的哲理，而且这些哲理还隐藏于比喻化、符号化的外在内容之下，解读这些隐喻信号便成为观众观看其寓意剧的重要环节。因此，观众在不进行思考的情况下无法直接把握其深刻含义。此外，为了更有效地促使观众进行理性思考，弗里施还在其寓意剧中采用了一系列打破观众感情共鸣的反传统戏剧的艺术手法，而上述种种在激发观众进行理性思考的同时无疑还能提高观众认识、理解现实世界的能力。

二、弗里施对布莱希特戏剧应教育观众、改变世界观点的反驳

尽管弗里施同布莱希特一样强调戏剧对观众理性思考的激发，但他却不像布莱希特一样认为戏剧应具有教育、启发观众，并使其产生改变世界的行动的社会作用，因此弗里施还对布莱希特的上述观点展开了批判性探讨。

作为一个马克思主义者，布莱希特的政治主张渗透到他的戏剧思想和戏剧创作当中。他在《娱乐戏剧还是教育戏剧》(1936) 一文中写道：

> 舞台开始起着教育的作用 [……] 戏剧变成了哲学家们的事情。当然是这样一些哲学家，他们不但要解释世界，而且还希望去改变世界。这样就开始了谈论哲学；这样就开始了对人们进行教育。
>
> 选择什么样的艺术手段，只能是我们剧作家怎么样才能使观众积极热情采取社会行动的问题。一切对此有利的艺术手段，不管是旧的

① FRISCH M. Gesammelte Werke in zeitlicher Folge: Band Ⅱ Ⅱ [M]. Frankfurt am Main: Suhrkamp Verlag, 1976: 467.

还是新的，都应为这目的而多方实验。①

布莱希特在此提出现代剧作家应担负起哲学家和社会改造者的使命。他认为剧作家不仅应像哲学家一样进行哲理思考并解释世界，而且还应通过戏剧创作采用一切艺术手段使观众进行理性思考，并对现实社会产生清醒认识，从而对其予以教育，目的在于唤醒观众的行动意识，并促使他们最终对现实社会进行干预、改造。

然而弗里施却对布莱希特的上述主张提出了质疑。首先，弗里施否定了戏剧具有教育观众的功能，他不认为戏剧是一种寓教于乐的形式。在弗里施看来，虽然戏剧具有娱乐观众的功能，并且“甚至是悲剧性的题材也能娱乐观众，但是这种娱乐不能说明戏剧是有教育意义的”②。而且弗里施还强调剧作家不应为了教育观众进行创作。他指出：“我们是出于对戏剧的兴趣创作戏剧，除此之外再无其它原因［……］艺术是纯粹的，世界用我们的戏剧来做什么、不做什么，是世界自己的事情，社会只是我们的素材，并非我们的伙伴，我们不是人民教育者，我们只是出于兴趣表演（只要社会允许）。”③ 其次，弗里施对布莱希特所说的戏剧能够使观众产生改变现实社会的行动的观点予以了否认，他指出：“千百万观众都看过布莱希特（的戏剧），并且还将一再观看；是否有人因此改变了他的政治思想或者甚至经受过仅仅一次考验，对此我表示怀疑。”④ 弗里施强调“艺术不是政治文化的替代品”⑤，他认为：“作家通过以谈论政治的方式来搞政

① 布莱希特．布莱希特论戏剧［M］．丁扬忠，译．北京：中国戏剧出版社，1992：70—71，136.

② FRISCH M. Gesammelte Werke in zeitlicher Folge：Band Ⅴ Ⅱ ［M］. Frankfurt am Main：Suhrkamp Verlag，1976：347.

③ FRISCH M. Gesammelte Werke in zeitlicher Folge：Band Ⅴ Ⅱ ［M］. Frankfurt am Main：Suhrkamp Verlag，1976：349-350.

④ FRISCH M. Gesammelte Werke in zeitlicher Folge：Band Ⅴ Ⅱ ［M］. Frankfurt am Main：Suhrkamp Verlag，1976：342.

⑤ FRISCH M. Gesammelte Werke in zeitlicher Folge：Band Ⅴ Ⅱ ［M］. Frankfurt am Main：Suhrkamp Verlag，1976：347.

治是一种自我欺骗。政治是一件西西弗斯式的工作。我们有谁曾经做过这份工作？我没有。”① 对弗里施而言，戏剧创作并非以达到某种社会效果为目的，艺术是纯粹且独立的，它不应包含任何除艺术之外的异质。再次，弗里施认为世界是令人绝望的、荒谬的，它根本无法像布莱希特所期待的那样可以得到改变。弗里施在1964年的一次演讲中如此说：

> 读着报纸，我对这个世界感到惊异：纽约黑人区的动乱，南蒂诺尔（意大利的一个省）的连环大爆炸，投向塞浦路斯（欧洲与亚洲交界的一个岛国）的炸弹，我所看到的每一处都为和平做好了准备；其间体育新闻：沙文主义语言在这里又一次达到顶峰，民族（种族，纳粹含义）首先是要热爱体育运动的；［……］同一版面上：瑞士工业离开欧洲经济共同体向纳赛尔提供对抗以色列战争必需品……我感到害怕。是的。我时常害怕：害怕我们也许高估了戏剧。②

弗里施作该演讲之时，布莱希特已获得国际声誉，但弗里施所看到的世界并未按照布莱希特设想的方向改变：一方面世界仍充斥着杀戮与战争，法西斯德国垮台后极端的民族主义并未真正消亡；另一方面世界也是荒诞不经的，在人们为了和平而努力的地方却出现了暴乱和爆炸，尽管已有“二战”血与泪的历史教训，人们却还要通过支持战争来发展工业。面对这样的世界弗里施自然会对布莱希特的主张产生怀疑。从以上所述不难看出，弗里施对于世界及其是否能够改变的看法是悲观的，如同与其同时代的许多西方作家一样（如迪伦马特），这一观点的形成明显受到了第二次世界大战之后流行于西方社会的存在主义哲学思潮的影响。存在主义滥觞于第一次世界大战结束之后，并在第二次世界大战后的20世纪50至60

① FRISCH M. Gesammelte Werke in zeitlicher Folge：Band Ⅶ ［M］. Frankfurt am Main：Suhrkamp Verlag，1976：349.

② FRISCH M. Gesammelte Werke in zeitlicher Folge：Band Ⅶ ［M］. Frankfurt am Main：Suhrkamp Verlag，1976：349.

年代达到鼎盛。这股思潮之所以在第二次世界大战之后风靡西方社会有着特殊的历史背景。虽然自文艺复兴、启蒙运动以来西方人将理性和科学视为人类未来的希望，但从 19 世纪末起，随着以理性为基础的资本主义制度的确立及其弊端的暴露，西方人又开始对理性产生怀疑。因为理性和科学在给人带来先进的机器和技术、使社会经济得到飞跃性发展的同时，又将人变成机器的附庸和资本的囚徒；在两次世界大战中，科学技术更是制造出一系列导致无数人丧生的大规模杀伤性武器。而在两次世界大战的荼毒后，人类又面临着将会摧毁全人类及其文明的核武器、核战争的威胁。在此种时代背景下，以理性为基础的西方传统价值观瓦解，西方学界弥漫着一种消极、悲观的情绪，西方知识分子倍感人生的苦难与虚无，以及人类所处的被遗弃、无家可归的艰难处境。在以法国哲学家萨特（1905—1980年）为代表的存在主义者看来，人生是痛苦的，世界是令人绝望的、荒谬的，世界也是不可认识、不可改变的。而从弗里施的上述世界观中则不难窥见存在主义思潮的印记。

不过尽管弗里施不认为戏剧能够像布莱希特所说的那样教育观众并使其产生改变世界的行动，但他却并未完全否认戏剧的社会作用，并主张剧作家应有社会担当。在 1964 年的演讲中弗里施还发表了如下看法：

> 如果因为文学作品从根源上来说并无说教意图，所以它们不会对社会带来任何后果，这种推导不能说是幼稚的，而是不现实的。[……]我并不是总那么确定，我们在我们的作品中是无须负责的；它们（作品）通过对罪恶的煽动或是对当下罪行的麻痹至少会起到一个灾难性的作用［……］因此是否现在我又突然认为戏剧具有例如像政治功能这样的性能？我认为，这不是一种假设，而是一种感知［……]我是以一位剧作家的身份发言；但理所当然这也同样适用于导演和演员。我认识的人中没有谁是出于对社会的责任而成为导演或是演员的。我想，是因为他们成为了这样的一些人，所以才有了这种责任，剧作家也是一样［……］在此我谈到的责任并非对作品的责

任、艺术责任，而是社会责任。①

按照弗里施的上述观点，如果剧作家对诸如暴力、犯罪等题材处理不当将可能误导观众，因此剧作家不应在毫无社会责任的状态下创作，而应考虑作品可能会对接受者及社会造成的负面影响，并对此加以避免。

① FRISCH M. Gesammelte Werke in zeitlicher Folge: Band V Ⅱ [M]. Frankfurt am Main: Suhrkamp Verlag, 1976: 351.

第三章　弗里施早期寓意剧的表层内容、深层主题与人物形象

弗里施的早期寓意剧为其青年时期（33 岁至 37 岁）创作的第一批剧作，即他从 1944 年至 1948 年撰写的剧作。此时正处于由法西斯德国所挑起的第二次世界大战的末期至其结束后初期，而且曾在第二次世界大战初期服过兵役的作者本人在该时期主要从事建筑师的工作，尚未正式步入职业作家之列；此外他还身陷与第一任妻子的婚姻危机。本章将对弗里施这一时期创作的《圣・克鲁兹》(1944)、《他们又歌唱了》(1945)、《中国长城》(1946) 以及《当战争结束时》(1948) 这四部寓意剧的表层内容、深层主题和人物形象进行分析，进而探讨作者之所以表现以上内容、主题以及人物形象的原因。

第一节　弗里施早期寓意剧的表层内容与深层主题

弗里施早期的四部寓意剧亦包含两部分内容，即虚构出来的、观众可以直接观看的故事（表层内容）和通过比喻所表现出来的抽象的哲理或观念（深层主题)。在表层内容方面，弗里施早期寓意剧中的《圣・克鲁兹》和《中国长城》具有明显的非真实、隐喻性的特点；而《他们又歌唱了》和《当战争结束时》则对现实（第二次世界大战）有着较为明显的影射，但这两部影射现实的剧作并非直接再现现实，而是作者建立的与现实世界更为贴近的模型。在深层主题方面，弗里施早期的四部寓意剧可以分为两大类：其一是对战争问题与极权主义的探讨和反思，其二是表现现代社会

中的人或人与人之间关系的异化。第一类主题是作者早期寓意剧的表现重点，《他们又歌唱了》《当战争结束时》以及《中国长城》都展现了该主题或对这一主题有所涉及；第二类主题（此为作者中晚期寓意剧的表现重点）弗里施在《圣·克鲁兹》和《当战争结束时》中进行了初步探究。此外，作者还在《圣·克鲁兹》《他们又歌唱了》和《中国长城》这三部剧作中表达了自己对人生、世界的抽象思考，如人（人生）和世界的无法改变等，这亦使上述剧作在深层主题方面呈现哲理性、多义性较为突出的特点。下面本书将对以上四部寓意剧的表层内容与深层主题作进一步的说明。

一、战争、极权主义以及作者的抽象思考

1.《他们又歌唱了》

《他们又歌唱了》是弗里施第一部以战争为题材的剧作，作者虽未在剧中给出明确的时间背景，但根据情节可推测该剧发生在第二次世界大战期间的某几天内，地点较为模糊、分散，包括在人间陷入战争的德国某地以及天国等。全剧共分为七场，表层内容由两部分构成。第一部分（第一场至第四场）主要描写第二次世界大战中德国纳粹军人的暴行、纳粹德国与敌军的交战以及被卷入战争的百姓所受到的摧残。德国纳粹军官赫伯特及其下属士兵卡尔为完成某项任务抓获了21名敌国人质，但在任务完成后原本应释放人质的赫伯特却向卡尔下令射杀全部人质。执行射杀命令的卡尔感到良心不安，于是他擅自逃离军队，偷偷返回家乡。然而逃离了战场的卡尔却仍饱受罪恶感的折磨，人质们在死前歌唱的声音一直萦绕在其耳边，无法承受精神之苦的他最终选择了自杀。与此同时，卡尔的家人也遭遇了灭顶之灾。卡尔的母亲死于敌军的一场空袭，他的父亲、妻子以及孩子之后也均葬身在空袭的火海中。该剧的第二部分（第五场至第七场）描写的是战死沙场的敌对双方在天国和平共处的景象以及幸存者的执迷不悟。原本敌对的双方死后在天国不再彼此憎恨，他们互相诉说自己的过往与过错，认为给人们带来灾难的战争原本是可以避免的。出现在天国的卡

尔忏悔自己生前的杀戮行径，死于空袭的卡尔一家也与实施空袭并在战场上死去的敌国士兵冰释前嫌。而与之形成鲜明对比的是，尚在人间的幸存者们却完全没有从战争无谓的牺牲中吸取教训，他们仍旧相互敌对，并宣称将与对方斗争到底。从表层内容来看，《他们又歌唱了》尽管对第二次世界大战有所表现，但其具体的时空背景仍是抽象模糊的；此外，该剧第二部分发生在天国的内容也具有明显的非现实性特点。弗里施也明确指出，应避免将该剧的内容直接同现实相联系。他在该剧的后记中如此写道："无论如何舞台都不允许被伪装成现实。因为观众对一出戏的印象必须完全保持为：不使任何人将其与真实发生的事情进行比较。"①

在深层主题方面，《他们又歌唱了》第一部分内容通过不同人物的悲惨遭遇展现了战争的残酷——它不仅导致大批参战者伤亡，而且还使无数无辜的平民百姓卷入其中，使其遭受失去亲人、家园的痛苦。该剧还对战争罪责的问题进行了探讨，并试图引发观众对这一问题的反思。在该剧第二部分，敌对双方死后在天国反思各自在战争中的罪责并最终和解。这部分内容在促使观众思考战争中交战双方应负何责任的同时，还表达了作者对和平的渴望。在该剧的结尾，与人们在天国和平共处的景象形成鲜明对比的是，人间的幸存者们尽管在战争中付出了惨痛代价，但仍未从中吸取任何教训并沉浸在复仇的欲望中。作者一方面借此呼吁观众反思历史，珍惜和平；另一方面，幸存者们的执迷不悟、重蹈覆辙也反映出作者对人和世界的看法，即人和世界是难以改变的。

2. 《当战争结束时》

《当战争结束时》分为两幕，故事发生在1945年春天，地点为第二次世界大战结束后被苏联红军攻占的柏林。该剧的表层内容大致如下：苏军上校施蒂凡同下属杰胡达占领了艾格尼丝与丈夫霍斯特的住所，而作为住宅主人的霍斯特夫妇则蜗居地下室。霍斯特是一名德国纳粹上尉，第二次

① FRISCH M. Gesammelte Werke in zeitlicher Folge: Band Ⅱ Ⅰ [M]. Frankfurt am Main: Suhrkamp Verlag, 1976: 137.

世界大战期间他在华沙服役时曾屠杀过犹太人。德国战败之际他作为逃兵偷偷返回德国，藏匿于自家住宅的地下室。夜夜笙歌的苏联军人邀请艾格尼丝一同加入他们的狂欢。起初，她为了丈夫不被苏军发现、免受苏军报复而接受了敌人的邀请，并与施蒂凡上校约定：她答应上校每晚同其约会，条件是上校在其余时间不去地下室打扰她。尽管艾格尼丝和施蒂凡在语言上无法进行交流，但二人在短暂相处的三周里却互生情愫。怀疑妻子不忠的霍斯特为了自身安危虽对妻子在很长一段时间里采取了纵容的态度，但在剧本的结尾处，不愿再蜗居地下室、过着担惊受怕的日子的霍斯特还是冒险上楼，打断妻子与施蒂凡的约会。以为艾格尼丝是单身的施蒂凡认为她欺骗了自己的感情，愤而离去。《当战争结束时》的表面内容具有较为明显的现实性。作者在该剧中交代了真实的时空背景，而且剧中女主人公与施蒂凡上校的爱情故事也是弗里施以当时的一则新闻报道中发生在柏林的真实事件为原型创作出来的。德国作家、评论家赫尔穆特·卡拉谢克甚至将该剧视为弗里施所写的“最为传统的一部戏剧”①。但该剧的艺术手法却具有寓意剧的特点，如剧中大量运用了陌生化的表现手法，这使其明显区别于再现现实世界、在舞台上制造真实生活幻觉的传统戏剧。

《当战争结束时》借助霍斯特夫妇在柏林被苏军占领时的生活状态来表现战败后德国平民的不幸处境，揭示了战争给人类带来的灾难是巨大的、无止尽的，因为即使“当战争结束时”，人们仍在承受战争带来的肉体与精神上的伤害。

3.《中国长城》

《中国长城》共有二十三场，时间为古代，地点为南京。该剧主要描写主人公秦始皇两千年前对中国的独裁统治。自称天子的秦始皇独自掌握政权统治着中国，并频频对外发动战争。为巩固自己的统治、抵御外敌，

① KARASEK H. Max Frisch [M]. München: Deutscher Taschenbuch Verlag, 1984: 57.

他决定修筑长城，并为此在皇城举办了一个盛大的庆典，邀请许多来自不同国家的历史人物参加。一个扮演现代人的角色在剧中出现，他在庆典上对各历史人物描述了他们不曾知道的现代世界。现代人还对秦始皇的统治方式发出警告，向他阐释了现代核武器的威力并反复强调核武器以及核战争的危险。学识渊博的现代人赢得了秦始皇的女儿——公主美兰的芳心，她厌倦父王的专制，以为现代人有改变这一现状的胆识。但美兰最后发现，无能的现代人在面对父皇时完全屈服于这位拥有权力的统治者。与此同时，率兵攻打草原野蛮人的武将凯旋而归。这虽使秦始皇龙颜大悦，但他仍因被称为“民喉”的反对者一直未被捉拿而感到气愤。一心想要铲除民喉的秦始皇在庆典上将一个哑巴当成民喉进行严刑拷问，只因哑巴未向他高呼万岁。与此同时对秦始皇独裁统治不满的民众聚集在城门外，准备为推翻他的政权发起暴动。秦始皇命武将平复暴乱，并许诺在完成这项任务后将美兰许配给他，之后将正式宣布他为皇位继承人。武将在镇压民众之前向美兰示爱，但却遭到她的拒绝，愤怒的武将作出了谋权篡位的决定。他将造反的民众放进城门，并借机刺杀了秦始皇。谋反篡位的武将最后成为继秦始皇之后的第二个残暴的独裁者。《中国长城》情节荒诞，表层内容具有明显的虚构性特点。弗里施在剧中建立了一个非真实的“中国”模型，以此揭示与现实世界相关的哲理。因而剧中交代的时空背景（即两千年前的中国南京）以及出场人物（秦始皇等）并非真实世界中的南京或是历史上真正的秦始皇。

从深层主题来看，《中国长城》首先揭露了独裁统治的恐怖及其给民众带来的伤害，并对独裁统治、极权主义进行批判。其次，该剧还对现代科学、科技无限制的发展作出警告。作者借剧中人物之口反复提及原子弹对世界，甚至是全人类的威胁，并描绘了核战争的恐怖景象，呼吁世人警惕核武器带来的威胁。最后，该剧还延续了《他们又歌唱了》所表达的主题，即人和现实世界是无法改变的，或难以改变的。因为在剧本的结尾处，第一个暴君秦始皇被推翻，紧随其后的是另一个暴君的诞生。

二、人或人与人关系异化以及作者的抽象思考

1.《圣·克鲁兹》

《圣·克鲁兹》是弗里施的第一部寓意剧，该剧共有五幕，时空背景模糊，剧情发生的地点主要为圣·克鲁兹（虚构的地名）与某地的一个城堡。剧本的外在情节主要围绕上尉、上尉夫人艾尔维拉以及流浪艺人佩莱格林三人之间的情感纠葛而展开。上尉与夫人艾尔维拉生活在一个常年下雪的寒冷之地的城堡里，过着衣食无忧的富裕生活；而流浪艺人佩莱格林则是一个冒险团伙的首领，他居无定所，四海为家，一次偶然的机会乘船漂泊到了上尉城堡所在的港口。医生诊断后，佩莱格林得知自己只剩下不到一周的存活时间。与此同时，他还获悉上尉夫人正是自己17年前的旧情人，而且她的女儿甚至有可能是自己的亲生骨肉，于是他决定临死前去见她们一面。为此佩莱格林在上尉城堡的厨房里等待了六天之久，其间他对城堡里的仆人讲述了自己一生的冒险经历。仆人向上尉转述的这位流浪艺人的故事，使上尉回忆起自己17年前为了艾尔维拉放弃同海盗一起冒险的往事。尽管上尉主动放弃了冒险，但他在这之后的17年中依然时刻都在幻想冒险的生活。艾尔维拉提议邀请佩莱格林共进晚餐，她试图让丈夫目睹其因冒险而穷困潦倒的惨状，使他对冒险不再渴望。艾尔维拉认出受邀前来的流浪艺人正是自己的旧情人佩莱格林，上尉也认出佩莱格林正是他一直渴望再次见到的海盗。原来佩莱格林和上尉夫妇三人17年前便已在圣·克鲁兹相识。当时与上尉已有婚约的艾尔维拉与佩莱格林相识、相爱，并且选择了逃婚，与佩莱格林私奔。然而不愿为艾尔维拉放弃冒险生活的佩莱格林却抛弃了已有身孕的她。被遗弃在圣·克鲁兹的艾尔维拉巧遇准备跟随佩莱格林冒险的上尉，他因放不下伤心欲绝的艾尔维拉而放弃了冒险计划，并与她回到城堡结婚生子。17年后的这次重逢使上尉意识到自己现在过的是行尸走肉般的生活。他在深夜不辞而别，动身去远方冒险，但却又很快选择放弃。在剧本的结尾处，上尉重回艾尔维拉身边，而佩尔格林则在城堡中死去。

《圣·克鲁兹》的外在情节，即表层内容，充分体现了寓意剧的非历史性和虚构性。该剧首先并未交代明确的时代背景。根据“上尉”① 与“流浪艺人”② 的人物设定可以断定，该剧发生在与现代相距甚远的时代，也可能是作者自己杜撰的一个非现实的时代。此外，剧中事件发生的地点同样是模糊的、虚构的：该剧的五幕情节分别在上尉的城堡和圣·克鲁兹两个地点轮流展开，作者并未对上尉城堡所在的终年下雪的寒冷之地给出明确说明，而圣·克鲁兹③这一地点也不指代现实世界中实际存在的某个地区。弗里施在《圣·克鲁兹》的后记中也对此作了说明：“圣·克鲁兹看上去像是西班牙的一个陌生港口的名字，但人们无法在地图上找到它——人们至多在自己的经验中找到它，在人人皆有的某种认知中找到它，或是在某种想象的认知中找到它［……］这就是我所说的圣·克鲁兹。”④ 在上述说明中作者强调该剧中的圣·克鲁兹并非实际存在的某个具体地点，而是一个虚构的、用来引起观众联想和思考的模型。

蕴藏于该剧表层内容之下的深层含义是多方面的：首先，弗里施在剧中借助上尉和佩莱格林这两个人物表现现实社会中普遍存在的人的精神危机，揭示了人由于现实与欲望之间的矛盾而无法摆脱的自我异化的困境。剧中这两个人物虽然在各方面均不相同，但却都面临同样的问题，即因内心渴望无法得到满足而人格分裂。其次，作者在剧中表达了自己对人生的抽象思考，即人生是痛苦的、无法改变的。在剧中，上尉和佩莱格林的人生都因压抑内心，无法得到满足的渴望而充满苦难，而且他们始终无法摆脱这些苦难。上尉为过上自己渴望的生活进行了两次尝试，却都以失败告终，而佩莱格林最终仅仅是目睹了自己渴望的、上尉的生活之后便死去。

2.《当战争结束时》

① 德语为 Rittmeister，是欧洲旧有的一种军衔。

② 德语为 Vagant，是中世纪对流浪者、四处漫游的学者等居无定所、有一定文化程度的人的称谓。

③ 德语为 Santa Cruz。

④ FRISCH M. Gesammelte Werke in zeitlicher Folge：Band Ⅱ Ⅰ［M］. Frankfurt am Main：Suhrkamp Verlag，1976：76.

除了揭示战争带来的巨大灾难，《当战争结束时》还通过展示霍斯特夫妇关系的恶化、疏离来反映现代社会夫妻关系的异化，即夫妻之间丧失爱情、关系扭曲；本该充满爱情的伴侣关系却充斥着冷漠与猜忌，本该亲密无间的夫妻则异化成同床异梦的陌生人。作者也借由夫妻关系的异化揭示了现代社会中人与人之间关系普遍的异化现象。

第二节　弗里施早期寓意剧的人物形象

在弗里施的四部早期寓意剧中，人物都是类型化、概念化的，其主要特征在于他们并非血肉饱满的人物，没有复杂的心理感受和性格，且表现出某一类人或某一群体的普遍性特征。他们在剧中充当构成故事情节的符号，具有揭示主题的作用。作者早期寓意剧中的人物形象可大致划分为以下几类：战争中的侵略者、无辜受难者；极权社会中的统治者；人格分裂者以及关系畸形的夫妻。下面本书将分别对上述人物形象进行具体分析。

一、战争中的侵略者和无辜受难者以及极权社会中的统治者

如果说《他们又歌唱了》集中描写了战争中的侵略者和无辜受难者，那么《中国长城》则对极权社会中的统治者予以了充分刻画。

1. 战争中的侵略者

(1)《他们又歌唱了》中残忍的纳粹军官赫伯特

弗里施在《他们又歌唱了》中突出刻画了纳粹军官赫伯特性格中残忍的一面。他毫无怜悯之心，在战争中滥杀无辜，代表着第二次世界大战中草菅人命、罪行累累的纳粹分子。

赫伯特的残忍首先通过其毫无怜悯地屠杀人质得以表现。在该剧第一场，赫伯特命令下级士兵卡尔枪毙了 21 名敌国的人质。虽然剧本并未对这些人质的来历及其被抓捕的情况作出交代，但根据赫伯特和卡尔的对话可知，赫伯特在做出枪决人质的决定之前，他在战场上的任务已经完成，理应释放这些人质，因为他们大部分为毫无攻击能力的妇女、老人以及小

孩，并不会对德军构成任何威胁。尽管如此，赫伯特在下达屠杀指令时也没有丝毫的犹豫。在第一场，已执行这项任务的卡尔不仅因杀害无辜的人质而产生了罪恶感，而且还对赫伯特的命令表示费解，二人进行了以下对话：

卡　尔　赫伯特，你能告诉我，为什么我们要枪杀这二十一名人质吗？

赫伯特　这与你何干。

卡　尔　是我把他们杀了。

赫伯特　他们只不过是人质而已。

卡　尔　他们唱了歌。你听到他们当时是怎么唱歌的吗？

赫伯特　现在他们都闭嘴了。①

在此赫伯特漫不经心地回应卡尔的质问，因为他认为人质的生命是无足轻重的，可以被随意剥夺；而当卡尔提到人质死前唱歌的行为时，赫伯特却以不屑、冷酷的态度指出变成尸体的他们无法再唱歌的事实。

其次，赫伯特还下令杀害奉命掩埋人质尸体的牧师。在枪决人质后，他命令当地的教区牧师埋葬人质的尸体，以便掩盖其滥杀无辜的罪行。但当牧师被迫掩埋完人质后，赫伯特对卡尔表露出想要杀死牧师的意图。与对待人质的态度一样，赫伯特也将牧师的生命视如草芥，他还反问不断强调牧师的无辜的卡尔："那些人质们问过自己有什么错吗？"② 虽然赫伯特并不认为牧师有什么罪过，但他仍肆无忌惮地试图置其于死地。

再次，赫伯特的残忍还体现在他欲对不愿杀人的卡尔痛下狠手。因为赫伯特是军官，所以作为下级的卡尔应无条件服从他的命令。在第一场，

---

① FRISCH M. Gesammelte Werke in zeitlicher Folge：Band Ⅱ Ⅰ ［M］. Frankfurt am Main：Suhrkamp Verlag，1976：83.

② FRISCH M. Gesammelte Werke in zeitlicher Folge：Band Ⅱ Ⅰ ［M］. Frankfurt am Main：Suhrkamp Verlag，1976：83.

卡尔试图拒绝执行赫伯特下达的射杀牧师的任务，赫伯特毫不留情地向他下了最后通牒："如果有这个必要的话，我会亲自枪毙你，而且是马上；这点你可以相信我，卡尔。我们总是说到做到。"① 赫伯特对待作为同胞、战友的卡尔的上述态度，则使其残忍、嗜血更为凸显。

作者还在剧中对该人物残忍的缘由予以揭示：赫伯特之所以草菅人命，是因为他认为这是他作为德国人和纳粹军官应有的权力。他在第一场对奉命杀害人质后良心不安的卡尔说："恐惧，恐惧，人们恐惧我们（德国人）的权力［……］不管我们是否需要，但整个世界都属于我们，我们的权力是没有边界的。"② 随后，卡尔不愿执行他下达的射杀牧师的任务，赫伯特还如此说："因为这是我的命令。我说：给这 21 个人挖个坑。他（牧师）就照做了。我说：再把他们给我埋了。他（牧师）照做了。我说：向上帝发誓你什么都不知道。他（牧师）发了誓。然而现在我对你说：杀了牧师。［……］就算你无法理解，你也必须这样做［……］这是我对你的命令。"③ 由此可见，在赫伯特眼中他有权主宰敌国人质和本国士兵的生命，这也导致他在战争中成为残忍的刽子手。

（2）《他们又歌唱了》中尚存人性和良知的纳粹士兵卡尔

《他们又歌唱了》中的士兵卡尔与其上级军官赫伯特截然不同，同样隶属于德国纳粹党的卡尔还残存着一些人性和良知。他不愿与残暴的纳粹长官同流合污，但还是不得不奉命射杀无辜人质，因此他也备受良心谴责，并最终在因杀戮造成的巨大精神折磨中自杀身亡。可以说卡尔代表着在第二次世界大战中遭受泯灭人性的极端纳粹思想摧残的德国士兵。

卡尔虽然加入了纳粹党，但他身上的人性和内心的良知使他能够判断出屠杀无辜者的行为是罪恶的，并试图阻止杀戮的再次发生。在该剧第一

① FRISCH M. Gesammelte Werke in zeitlicher Folge：Band Ⅱ Ⅰ ［M］. Frankfurt am Main：Suhrkamp Verlag，1976：86.

② FRISCH M. Gesammelte Werke in zeitlicher Folge：Band Ⅱ Ⅰ ［M］. Frankfurt am Main：Suhrkamp Verlag，1976：85.

③ FRISCH M. Gesammelte Werke in zeitlicher Folge：Band Ⅱ Ⅰ ［M］. Frankfurt am Main：Suhrkamp Verlag，1976：85.

场，卡尔在枪毙21名人质后表现出心神不宁的状态。他不仅不断责问这道命令的意义何在，而且还向赫伯特反复强调人质的无辜。当赫伯特之后再次命令他射杀牧师时，卡尔试图拒绝执行，并设法让赫伯特收回第二道残忍的指令。他对赫伯特说："如果我们没有遇到他（牧师）就好了，赫伯特……我们只不过是杀人犯。"① 虽然卡尔未能说服赫伯特回心转意，但他最终还是偷偷放走了牧师。

尽管卡尔并未射杀牧师，但他还是因此前屠杀21名无辜人质的行为难逃良心的谴责。在第四场，卡尔在向父亲坦白了自己滥杀无辜的罪行之后，父亲以"你只不过是服从了命令"② 这句话安慰儿子，但卡尔却认为服从命令不是洗清罪孽的借口。他解释道：

> 你说的每一句话实际上都是在指控我们。即便服从成为一个人最后的美德，服从命令的行为也不是借口，服从并不能使我们免于责任。就是这么回事！任何事情都不能使我们免于责任，任何事情都不行，我们每个人都有责任，我们中的每个人，每个人都有他自己的责任；人们不能将自己的责任交给他人。人们不能转让为使自己自由而承受的负担——而这正是我们尝试去做的事，这也正是我们的罪过。没有退路，父亲，请你相信这一点。③

正因为卡尔尚存良知，残酷的军令给他的精神造成了无法修复的伤害。起初，他因枪杀无辜人质而受到精神上的刺激，产生了幻听，即使在人质死后卡尔仍能听到他们的歌声。这表明他已产生了精神异常。不堪精神折磨的卡尔选择从战场逃回家里躲藏，但他还是无法平复心中的痛苦。

---

① FRISCH M. Gesammelte Werke in zeitlicher Folge：Band Ⅱ Ⅰ ［M］. Frankfurt am Main：Suhrkamp Verlag，1976：84-85.

② FRISCH M. Gesammelte Werke in zeitlicher Folge：Band Ⅱ Ⅰ ［M］. Frankfurt am Main：Suhrkamp Verlag，1976：104.

③ FRISCH M. Gesammelte Werke in zeitlicher Folge：Band Ⅱ Ⅰ ［M］. Frankfurt am Main：Suhrkamp Verlag，1976：104.

在第四场，卡尔的父亲见到儿子后立即觉察出其精神状态的异样，他问卡尔："你精神错乱了。你是怎么了？"① 父亲发现儿子是擅自逃离部队时陷入了恐慌，他一再要求儿子立即归队，以免被上级发现被当作逃兵处置。卡尔不仅坚决地对父亲的要求做出"绝不回去"② 的答复，而且还不断向其描述自己处决无辜人质时的场景。他如此说："你向妇女和小孩开过枪吗？[……] 没有比这更简单的事了；他们倒下，几乎是缓慢地，大多数时候他们是向侧面倒下，另一些则是面朝前倒下。然后呢？你曾向妇女和小孩开过枪吗？那他们唱歌吗？正是因为你要枪毙他们，他们才唱歌，你有过这样的经历吗？"③ 根据舞台提示描写，此时卡尔开始唱人质死前唱的歌，以至于他所在的地下室充满了低沉的回响。卡尔杀害人质的回忆如同噩梦般一直萦绕在其脑海中，使他饱受精神折磨，并陷入极度消极的情绪，他甚至还因此丧失了生存的欲望。卡尔在该场同父亲最后的交谈中坦言："我看不到出路，父亲，我们中没有一个人有出路。"④ 他在表明自己绝望的心态后上吊自杀。

2. 战争中的无辜受难者

《他们又歌唱了》主要通过对卡尔家人的描写来展现被卷入战争的无辜百姓的不幸，从而展现第二次世界大战中普通百姓失去亲人、失去生命的悲惨遭遇，表现战争的残酷以及战争对人类的毁灭。

该剧中卡尔的父亲在战争中不仅饱受丧妻、丧子之痛，而且自己最后也命丧空袭。卡尔的母亲在敌军实施的一轮大规模轰炸中丧命，尸骨无存。卡尔的父亲在轰炸结束后的 50 个小时里一直跟随搜救队挖掘废墟，搜

① FRISCH M. Gesammelte Werke in zeitlicher Folge: Band Ⅱ Ⅰ [M]. Frankfurt am Main: Suhrkamp Verlag, 1976: 100.

② FRISCH M. Gesammelte Werke in zeitlicher Folge: Band Ⅱ Ⅰ [M]. Frankfurt am Main: Suhrkamp Verlag, 1976: 102.

③ FRISCH M. Gesammelte Werke in zeitlicher Folge: Band Ⅱ Ⅰ [M]. Frankfurt am Main: Suhrkamp Verlag, 1976: 102.

④ FRISCH M. Gesammelte Werke in zeitlicher Folge: Band Ⅱ Ⅰ [M]. Frankfurt am Main: Suhrkamp Verlag, 1976: 105.

救无果、返回家中的他在妻子早已丧命的可能与妻子幸免于难的幻想之间痛苦地徘徊。他深知妻子可能早已死亡，并向儿媳玛丽亚表达了自己的绝望，他说："我在那下面（废墟）站了50个小时。我早就对卡尔他妈还活着不抱希望了。废墟紧紧地叠压在一起，还结了冰，它们如此坚硬，人们必须把它们钻开。上帝知道，我早就没了希望。"① 不过卡尔的父亲同时又不愿承认妻子已经死亡这一事实。邻居莉泽尔得知卡尔父亲丧妻的遭遇后送来了祭奠的花束，而他却并不接受祭品，并对莉泽尔说："谁知道呢，她也许此刻还活着呢?"② 此外他的儿子卡尔因战场上血腥的杀戮而受到了严重的精神刺激，最终逃回家并自杀身亡。儿子的死无疑对身为父亲的他是一个沉重的打击。但在得知卡尔自尽的噩耗之后，他只来得及发出一声"我的儿子"③ 的痛苦呼喊便葬身于敌军新一轮的空袭中。

战争给卡尔一家带来的灾难还通过卡尔的妻子玛丽亚这一人物得到了展现。她因多年见不到参军的丈夫而思念成疾，时常有精神失常的表现，并且最后也与其他家庭成员一样在战争中丧命。卡尔因服兵役长期与玛丽亚天各一方，这使得玛丽亚对丈夫朝思暮想。在该剧第二场，她对还未满周岁的儿子自言自语，诉说了自己对丈夫的想念，并表达了自己对其归来的殷切期盼：

> 春天，当雪都融化了的时候，春天卡尔就回来了。他是你的父亲。你还从未见过他。所以我才跟你说这个，我的孩子。一位好父亲，一位和蔼的父亲，他会把你搁到膝盖上，驾，驾，驾！他有一双和你一样的眼睛，我的孩子，如此清澈，像海一样蓝。他也会放声大笑，你的父亲；他会把你举到肩膀上，你这个小家伙，这样你就可以

① FRISCH M. Gesammelte Werke in zeitlicher Folge：Band Ⅱ Ⅰ［M］. Frankfurt am Main：Suhrkamp Verlag，1976：89.

② FRISCH M. Gesammelte Werke in zeitlicher Folge：Band Ⅱ Ⅰ［M］. Frankfurt am Main：Suhrkamp Verlag，1976：90.

③ FRISCH M. Gesammelte Werke in zeitlicher Folge：Band Ⅱ Ⅰ［M］. Frankfurt am Main：Suhrkamp Verlag，1976：108.

揪着他的头发，驾，驾，驾！①

对丈夫的思念和盼望使玛丽亚企盼着春天的到来，“春天卡尔就回来了”② 也成为她平日里反复念叨的一句话，在剧中出现了八次之多。与丈夫的长久分离、对丈夫的过度思念还使玛丽亚产生了精神问题，使她喜怒无常，神经质并且多疑。玛丽亚时而以愉快的心情想念丈夫，时而会在提到卡尔时号啕大哭，甚至在没有缘由的情况下痛哭流涕。此外，玛丽亚明知丈夫的归期遥远，但却每次听到敲门声都以为是丈夫回家了。而且只要孩子一睡着，玛丽亚就以为他夭折了并因此放声大哭。在第四场的结尾处，玛丽亚的精神彻底崩溃了。她因敌军新一轮的轰炸随众人躲进防空洞，但她再一次将孩子的熟睡状态视为窒息而死，并高声呼喊：“我必须出去！我要去森林里！孩子会闷死在这儿的，相信我，他会闷死在这儿的……卡尔！”③ 在旁人“她发疯了”④ 的惊呼中，玛丽亚不顾一切地冲出防空洞，最后葬身于空袭的火海中。

3. 极权社会中独裁、残暴、野心勃勃的统治者

《中国长城》中的秦始皇并非中国历史上真实存在的秦王朝开国皇帝，而是弗里施刻画的一个具有普遍性特征的人物，他代表着所有极权社会中独裁、残暴且充满野心的统治者。该剧通过对这一人物的刻画表现其对社会的危害，对人类、世界构成的威胁。

首先，《中国长城》中的秦始皇是专制社会的统治者，他独断专行，惟我独尊，并且不允许反对者的存在。秦始皇将在自己的国家实行的专制

① FRISCH M. Gesammelte Werke in zeitlicher Folge：Band Ⅱ Ⅰ ［M］. Frankfurt am Main：Suhrkamp Verlag，1976：87.

② FRISCH M. Gesammelte Werke in zeitlicher Folge：Band Ⅱ Ⅰ ［M］. Frankfurt am Main：Suhrkamp Verlag，1976：87.

③ FRISCH M. Gesammelte Werke in zeitlicher Folge：Band Ⅱ Ⅰ ［M］. Frankfurt am Main：Suhrkamp Verlag，1976：108.

④ FRISCH M. Gesammelte Werke in zeitlicher Folge：Band Ⅱ Ⅰ ［M］. Frankfurt am Main：Suhrkamp Verlag，1976：108.

制度称作“伟大的制度，真正的制度，幸福的制度，最终的制度”①。他还在颁布的诏书上这样写道：“朕，至高无上的帝王，永远正确的天子，秦始皇，向帝国顺从的臣民发布下述诏书。”② 由此可见，秦始皇独揽大权，并自称天子，向世人宣告自己是奉天命治理国家，因此他做的任何决定都是正确的，人民应当绝对遵从。此外，这位独裁的统治者还无法容忍反对的声音。剧中一个被称作“民喉”的人在民间散播反对秦始皇及其专制统治的言论，而他也因此被秦始皇视为眼中钉、肉中刺。为了捉拿并铲除这个反对者，秦始皇还特意颁布了一道诏书，上面这样写道：“帝国的臣民们，今天，在我们国家里只剩下最后一个敌人，他自称为人民的声音：民喉。我们要在帝国的每一个角落里寻找他，一定要找到他。”③ 不仅如此，秦始皇甚至还剥夺了人民的言论自由，他明令禁止人们议论、传播民喉的言论。

其次，秦始皇还在自己的国家里实行血腥统治，对自己的反对者或不敬者进行残酷迫害。他向全国下达了对民喉的处决令，而实际上他对民喉的真实情况一无所知，仅仅是有传言此人发表了反对自己的言论。秦始皇在处决令中写道：“把他（民喉）的脑袋插在长矛上！任何传播他（民喉）的言论的人，也照此论处：把他的脑袋插在长矛上！”④ 从这道命令可以看出，秦始皇不仅无情地打击民喉这样的反对者，他还欲对所有赞同其观点的人进行肆无忌惮的迫害。在向世人宣布修筑长城而举办的庆典上，秦始皇命人捉拿了一个名叫旺的哑巴，只因他是人群中唯一一个未向其跪拜欢呼的人，而秦始皇认为该行为是对他的不敬。然而在得知此人是哑巴后，

① 弗里施．弗里施小说戏剧选：下［M］．蔡鸿君，译．合肥：安徽文艺出版社，1993：30.

② 弗里施．弗里施小说戏剧选：下［M］．蔡鸿君，译．合肥：安徽文艺出版社，1993：5.

③ 弗里施．弗里施小说戏剧选：下［M］．蔡鸿君，译．合肥：安徽文艺出版社，1993：6.

④ 弗里施．弗里施小说戏剧选：下［M］．蔡鸿君，译．合肥：安徽文艺出版社，1993：6.

秦始皇不但没有释放他，还将这个老实人作为民喉的替罪羊进行审判。但在开审前秦始皇就已经对旺判处死刑。剧中的现代人在审判开始前对秦始皇说：“陛下，遵照您的命令，宫里的先生们已全部召集参加公审。被告已被告知，无辜的证据对他毫无用处，他只有自己承认叛国罪，事情才会更快地结束。死刑的判决将立即宣布。”① 此后，秦始皇在审判中更是彻底暴露了他的凶残本性。由于生理缺陷而无法讲话的旺被施以刑罚，因为秦始皇试图通过严刑拷打逼迫无辜的旺承认自己就是民喉，并扬言“拷打将教会他说话”②。他甚至还用“我要让人拷打你的母亲”③ 来威胁旺，以此让哑巴开口承认子虚乌有的罪行。此外，这位暴君施用刑法的方式也极为残酷。现代人这样对公主美兰描述秦始皇对哑巴使用的酷刑：“先是往手指里拧螺丝钉，然后用带钉子的皮鞭抽打，接下来是带轱辘的玩意儿，它能撕断人的肌腱，以至于今后再也抬不起胳膊，再后来是烤得通红的铁丝，最后是压骨机。根据需要再重复进行。”④ 哑巴的母亲因儿子被极刑处死悲痛不已，看着儿子的尸体她哭诉道：“他们把你怎么了？旺！是谁把你的手指折断了？是谁使你的肩膀脱了臼？［……］是谁烧焦了你的舌头？是谁撕破了你胳膊上的皮肤？”⑤ 可见哑巴旺死前已被极刑折磨得遍体鳞伤，体无完肤。

再次，秦始皇还积极对外侵略扩张，试图通过征服全世界来满足自己的权力欲并对此予以美化。为了统治世界，秦始皇自登基以来的十三年间一直派兵入侵别的国家，欲用暴力使其屈服。他因武将在对外战争中拒绝

---

① 弗里施．弗里施小说戏剧选：下［M］．蔡鸿君，译．合肥：安徽文艺出版社，1993：41.

② 弗里施．弗里施小说戏剧选：下［M］．蔡鸿君，译．合肥：安徽文艺出版社，1993：54.

③ 弗里施．弗里施小说戏剧选：下［M］．蔡鸿君，译．合肥：安徽文艺出版社，1993：54.

④ 弗里施．弗里施小说戏剧选：下［M］．蔡鸿君，译．合肥：安徽文艺出版社，1993：61.

⑤ 弗里施．弗里施小说戏剧选：下［M］．蔡鸿君，译．合肥：安徽文艺出版社，1993：73.

对方的和平提议、执意血战到底而对其大为赞赏，并将武将的侵略行径称为英勇之举。武将凯旋而归时，秦始皇这样对女儿美兰说：

> 你的王子武将，勇敢的王子。他无愧于他的名字。真是千钧一发之际，草原上卑鄙的野蛮人突然从南北两个方向冲来，我们被包围了。怎么办？他们提议和平，这些卑鄙的野蛮人。［……］勇敢的武将说，我们要战斗到最后一个人。于是开始战斗。他牺牲了他的整个部队，3万名将士［……］毫无疑问，他是天生的将军。他应该得到祖国的奖赏。①

秦始皇还将自己这种赤裸裸的侵略野心以及在其驱使下发动的对外战争美化成神圣的和平行为，将专制制度称为伟大和最终的制度的他，还欲对世界进行独裁统治歪曲成使世界获得自由。在第八场，他用武力征服世界后对民众说道：

> 我忠实的臣民们！自从我登基以来，你们知道，我一直在为一件事征战，这就是和平，不是野蛮的和平，而是真正的和平，是最终的和平，这就是说，为了伟大的制度，我们称之为真正的制度，幸福的制度，最终的制度。我忠实的臣民们！这个目的已经达到，整个世界已经自由了。这就是我此时此刻可以告诉你们的一切：整个世界已经自由了。我心情激动地站在你们面前。草原上卑鄙的野蛮人不再做声了，他们曾经抵抗伟大的和平［……］现在，整个世界属于我们，这就是说，在这个世界上只剩下唯一的一种制度，这就是我们的制度，我们称之为伟大的制度，真正的制度，最终的制度。②

---

① 弗里施．弗里施小说戏剧选：下［M］．蔡鸿君，译．合肥：安徽文艺出版社，1993：33.

② 弗里施．弗里施小说戏剧选：下［M］．蔡鸿君，译．合肥：安徽文艺出版社，1993：30-31.

由此可见，秦始皇的真实行为与其言辞形成矛盾，作者也以此对该人物进行了讽刺。

二、人格分裂的人物形象

人格分裂的人物形象在《圣·克鲁兹》中有着突出刻画。本章节将首先界定人格分裂的概念，然后对该剧中的此类人物展开具体分析。

1. 人格分裂的界定

在探讨人格分裂之前，首先应把握“人格”的概念，在此本书主要从心理学的角度对人格的内涵进行界定。人格理论最早出现在由奥地利心理学家弗洛伊德（1856—1939 年）所创立的精神分析学说中，他提出人格（die Persönlichkeit）是由本我（Es）、自我（Ich）和超我（Über-Ich）三部分组成。弗洛伊德在《自我与本我》（1923）一书中对人格结构中的这三部分进行了阐释。他认为本我“充满着本能和欲望的强烈冲动，受快乐原则的支配，一味追求满足”①，并且它是人与生俱来的“最原始的、潜意识的、非理性的心理结构”②。本我遵循着快乐原则，即通过规避痛苦获得快乐，以此为人格活动提供能量。本我中的本能能量被弗洛伊德称为“力比多”（Libido），它是人格发展的动力。有关自我弗洛伊德作了如下界定：“自我是本我的一部分，即通过知觉—意识的媒介已被外部世界的直接影响所改变的那一部分。自我寻求把外界的影响施加给本我及其倾向，并努力用现实原则代替在本我中不受限制地占据主导地位的快乐原则。”③根据弗洛伊德的观点，自我位于本我和人所接触的外部世界之间，并根据外部世界活动或调节。它代表着人的意识，并遵循现实原则，即追求将来自外部世界的影响施加给本我，并起到抑制本我的作用。弗洛伊德还指出，指导自我来抑制本我冲动是人格结构中超我的职能。超我也被弗洛伊

① 弗洛伊德．自我与本我［M］. 车文博，译．长春：长春出版社，2004：108.
② 弗洛伊德．自我与本我［M］. 车文博，译．长春：长春出版社，2004：108.
③ 弗洛伊德．自我与本我［M］. 车文博，译．长春：长春出版社，2004：126.

德称为“自我理想”①，它是“在一切方面都符合我们所期待的人类的更高级性质”②，其中包括“宗教、道德和社会感”③ 等方面。在弗洛伊德看来，超我是人格结构中最高级的、超自我的部分，代表着人的良心和道德，它根据伦理道德、社会规范等确定人的道德行为标准。超我遵循道德原则，即指导自我去压抑、控制本我，对违反道德标准的行为予以惩罚。弗洛伊德还强调，为人格活动提供动力的力比多是有限的，其分布的不同也会造成个体人格状态的不同，并直接反映在个体的行为上。弗洛伊德认为，倘若个体大部分力比多被超我所控制，其行为将表现得克制、具有道德；而如果力比多主要保留在本我上，那个体的行为将展现出冲动的特点。

弗洛伊德指出，正常的人格状态应是本我、自我和超我三部分相互协调、处于平衡稳定中，但事实上这三者并非总能处于平衡状态，尤其是因为本我和超我之间本身就存在一定的对抗关系。根据弗洛伊德的人格理论，当个体过度释放人格的某一部分并过分压抑另一部分，人格结构的三部分间关系将会失衡，因而产生人格分裂。这种失衡可分为两种，其一为本我的过度放纵，压制了超我，以至于超我无法通过自我来对其进行控制和束缚；其二为超我过分抑制本我冲动，以至于本能欲望无法得到满足。对于第二种失衡的情况弗洛伊德还在《精神分析引论》（1917）中作了论述，在他看来本我冲动无法实现而导致的人格结构失衡是本我和超我之间的冲突以及后者对前者的压抑所致。他写道：

> 从抗拒而推导出来的导致发病的历程我们称之为压抑。［……］我们举例来加以说明，有一个人，他心里有一种强烈的念头或冲动，想要把它付诸行动。可是，他一想到假如真的去做了会产生什么样的后果，比如使他名誉扫地，身陷囹圄。这样就给这个冲动泼了一盆冷

① 弗洛伊德．自我与本我［M］．车文博，译．长春：长春出版社，2004：129.
② 弗洛伊德．自我与本我［M］．车文博，译．长春：长春出版社，2004：135.
③ 弗洛伊德．自我与本我［M］．车文博，译．长春：长春出版社，2004：135.

水，让它冷静下来。但是这个强烈的冲动仍然留存在记忆之中，表面上也不会显露出什么痕迹。在这个过程中，引导他把强烈冲动付诸实践的，可以称作“自我”意识。而最后决定使自己停止这个念头的，也是这种“自我”意识。于是，两种自我意识在头脑中互相斗争、较量，一个想去实现某种冲动，一个又要去阻止这种实现，当阻止的意识占据上风时，就形成了压抑。①

2.《圣·克鲁兹》中的上尉和流浪艺人佩莱格林

《圣·克鲁兹》中的两个主要人物上尉和流浪艺人佩莱格林都由于本我、自我和超我之间关系的失衡而出现了人格分裂。虽然二人均陷于人格分裂中，但他们产生这一现象的原因又有所不同。

（1）上尉：超我过分压抑本我导致的人格分裂

《圣·克鲁兹》中上尉的人格分裂主要由代表道德与规则的超我过分抑制追求自由的本我造成，它具体表现为其人格中代表超我的恪守成规过分抑制代表本我的对自由的渴望。

上尉人格中的超我部分主要反映在他几近苛刻地维护着传统意义上的秩序和规矩，也就是他人格中代表着道德、良心和社会感的自我理想。上尉人格中的这一部分在他对待他人和自身的态度上均有所体现。在该剧第一幕，上尉辞去了自己的马夫，因为马夫每天都会偷走他的一小撮烟叶。这名年轻马夫的工作能力原本得到了上尉的赞赏，他承认马夫将“马匹照料得很好”②，甚至坦言自己“再找不到更好的马夫了”③；而且马夫已为上尉工作了八年半之久，即使没有建立深厚的主仆关系，作为主人的上尉理应念及他多年的功劳对其错误从宽处理。就马夫所犯错误的严重性来

① 弗洛伊德．精神分析引论［M］．张堂会，译．北京：北京出版社，2007：102-103.

② FRISCH M. Gesammelte Werke in zeitlicher Folge：Band Ⅱ Ⅰ［M］. Frankfurt am Main：Suhrkamp Verlag，1976：16.

③ FRISCH M. Gesammelte Werke in zeitlicher Folge：Band Ⅱ Ⅰ［M］. Frankfurt am Main：Suhrkamp Verlag，1976：16.

看，上尉对其采取的处罚十分严苛。一小撮烟草于富有的上尉而言是微乎其微的财产，而且马夫也诚恳地承认了错误并提出弥补上尉的损失。即便如此上尉还是毫不犹豫地开除了他，并毫不留情地要求他立刻从城堡里搬走。上尉之所以如此坚决，并非因为他在意微不足道的经济损失，他认为这件事的重要之处"并不在于烟草"①，而是"秩序"，他在同马夫为数不多的几句对话中强调了三次"一切都必须有秩序"②。上尉显然认为马夫顺手牵羊的行为破坏了他所认可的秩序，他对文书就开除并驱逐马夫的决定作了以下解释："如果我原谅了他，那么他就会想，为了不去找新的马夫我最终也就只能这样做了，那么他可能就觉得自己并没做错什么。其实对我而言，原谅他更不费事，但是这样一来我就给他帮了倒忙：他也许会变得放肆。他需要一个让他敬畏的主人。"③ 由此可见，在上尉的观念中遵守道德规范、维持秩序是极为重要的，因此他无法容忍打破规矩的人，并对其进行严厉的处罚。上尉在严于律人的同时还严于律己，他严格地遵守着作为封地领主应遵守的秩序、履行着其应尽的责任。上尉拥有自己的领地，作为统治者的他掌管着领地上的一切事务，例如制定赋税制度、雇佣及管理农民等。这些职责很大程度上限制了他的自由，因为他必须终日在城堡里维系枯燥、沉闷的贵族式生活。而上尉度对此种生活也表示过不满。在第一幕，他对为自己笔录日记的文书坦言：

像我们这样的人一周能经历些什么？［……］责任就像这里下不完的雪，甚至都不曾去骑过一次马，甚至都没有一次猎野兔的小冒险……周日为我的妻子庆祝了她那不知道怎么这么多的生日，我们吃

① FRISCH M. Gesammelte Werke in zeitlicher Folge：Band Ⅱ Ⅰ ［M］. Frankfurt am Main：Suhrkamp Verlag，1976：17.

② FRISCH M. Gesammelte Werke in zeitlicher Folge：Band Ⅱ Ⅰ ［M］. Frankfurt am Main：Suhrkamp Verlag，1976：16.

③ FRISCH M. Gesammelte Werke in zeitlicher Folge：Band Ⅱ Ⅰ ［M］. Frankfurt am Main：Suhrkamp Verlag，1976：17.

了一只烤鹅，美妙极了……此外：开除了我的马夫……此外：一切都必须有秩序……①

虽然上尉对作为领主的工作和生活怀有强烈的不满情绪，但他还是在制定道德行为标准的超我的支配下选择将自己束缚在应尽的职责中。

然而在上尉的人格结构中还存在着一个与其恪守成规的超我部分相抗衡的本我，它是上尉的原始本能，具体表现为其内心的反叛、对自由和冒险的强烈渴望。上尉在本我的支配下试图冲破规则与秩序的枷锁。上尉17年前在圣·克鲁兹就显示出对冒险、无拘无束的漂泊生活的热情。当地充满生机的生活唤醒了他心中对异域和冒险的渴望，于是他主动向偶遇的海盗佩莱格林提出了参与航海冒险的要求。即使上尉清楚这将是一次不知归期且充满了危险的冒险，他也毫不犹豫地决定参与其中，甚至连他的贴身男仆都对主人为“这艘肮脏的船（佩莱格林的海盗船）”② 而放弃自己“美丽的城堡”③ 一事感到难以置信。上尉将跟随海盗去遥远的岛屿冒险称作“男人的渴望”④，而这一决定首先意味着他对身份以及地位的舍弃：为此他需要放弃安逸、稳定的贵族生活以及贵族头衔。而上尉的这一决定也正反映出其冲动、充满激情的一面，即他人格中的本我部分。虽然他因当时的未婚妻、现在的妻子艾尔维拉的介入最终放弃了此次冒险，但这并不代表他追求自由的本能冲动仅出现在当时圣·克鲁兹的特定情境下。本我在上尉内心中的挣扎同样也是稳定长久的：他在此后回归到贵族生活和

① FRISCH M. Gesammelte Werke in zeitlicher Folge：Band Ⅱ Ⅰ [M]. Frankfurt am Main：Suhrkamp Verlag，1976：18.

② FRISCH M. Gesammelte Werke in zeitlicher Folge：Band Ⅱ Ⅰ [M]. Frankfurt am Main：Suhrkamp Verlag，1976：57.

③ FRISCH M. Gesammelte Werke in zeitlicher Folge：Band Ⅱ Ⅰ [M]. Frankfurt am Main：Suhrkamp Verlag，1976：57.

④ FRISCH M. Gesammelte Werke in zeitlicher Folge：Band Ⅱ Ⅰ [M]. Frankfurt am Main：Suhrkamp Verlag，1976：55.

家庭生活的 17 年里一直怀有追求自由、冲破束缚的内心诉求，只不过这种诉求一直被强大的超我所压抑。他在回归城堡后也时常回忆圣·克鲁兹的景象，幻想自己未达成的冒险之旅。在第一幕，上尉对妻子坦言自己对海盗佩莱格林的惦念，并声称："我经常想起那个家伙……只要我活着，他就健在……只要我活着，我的渴望就陪伴着他。"① 17 年后与佩莱格林的意外重逢使上尉追求自由的本能冲动再次展现于其行为上：佩莱格林有关自己冒险人生的诉说进一步激发了上尉长久以来对冒险和自由的向往，他的本我再次挣脱了超我的统治。在第三幕，与佩莱格林畅谈至深夜后上尉对文书说："多年以来，我一直扼杀我的渴望，并用缄默将其掩埋［……］自从我同这个异乡人畅谈之后，我就好像突然意识到我是会死的［……］我渴望再活一次，我渴望再哭一次，再笑一次，再爱一次，再因夜的芬芳而战栗一次，再欢呼一次……我渴望再感受一次我还活着。"② 在本能的驱使下，上尉毅然决定抛弃现有的生活，半夜给妻子留下一封简短的信后便离家出走，决意奔赴夏威夷完成冒险的夙愿。不顾超我、释放本我的上尉与其之前的刻板形象反差如此之大，使只了解其恪守成规一面的文书和仆人感到震惊。在文书看来，他的主人是"一个理智的人，一个正派的人"③，并对上尉此举表示不解，认为他神经失常了。他对上尉的贴身男仆如此说："世界上有些事情并不是为了让我们理解才发生的。尽管如此它们还是发生了。这就是所谓的发疯。"④ 上尉的贴身男仆对他的主人抛下职责、家庭踏上冒险之旅的事实也感到惊讶，并对文书发表了相同的看法：

① FRISCH M. Gesammelte Werke in zeitlicher Folge：Band Ⅱ Ⅰ ［M］. Frankfurt am Main：Suhrkamp Verlag，1976：21.

② FRISCH M. Gesammelte Werke in zeitlicher Folge：Band Ⅱ Ⅰ ［M］. Frankfurt am Main：Suhrkamp Verlag，1976：42-43.

③ FRISCH M. Gesammelte Werke in zeitlicher Folge：Band Ⅱ Ⅰ ［M］. Frankfurt am Main：Suhrkamp Verlag，1976：41.

④ FRISCH M. Gesammelte Werke in zeitlicher Folge：Band Ⅱ Ⅰ ［M］. Frankfurt am Main：Suhrkamp Verlag，1976：41.

“一个拥有城堡、妻子和孩子的男人会这样一走了之吗？［……］之后谁来同佃农交涉？谁来支付酬劳？我无法相信上尉就这样一走了之了，就好像他只用为自己一个人负责一样。”①

由于作为领主、丈夫和父亲的上尉人格中的本我仍然无法从根本上摆脱超我的束缚，他在离家几小时后便主动返回城堡，超我再次压倒本我占据上风，因此他遵循本能冲动追求自由的行动最终以失败告终。在第五幕，他对此次出走的失败也深感无奈，并对艾尔维拉说：“我本想一走了之。那是不可能的。”② 该剧的结尾处，上尉在本我和超我对其内心控制权的争夺中带着未被满足的冒险渴望重返象征着束缚的城堡，这也就意味着他仍将承受抑制本能的折磨。

（2）流浪艺人佩莱格林：本我碾压超我引起的人格分裂

《圣·克鲁兹》中流浪艺人佩莱格林的人格结构失衡正好与上尉的情况相反，他的人格分裂特征主要表现为其追求自由的本我过度释放，不受代表道德和规范的超我的控制。

佩莱格林人格中的本我因不受超我控制而过度释放见之于他一味满足追求自由的本能冲动、不受伦理道德和礼仪规范的约束。这主要表现为以下几方面：

首先，佩莱格林遵从本能的感官享乐，且不愿承担责任。他在圣·克鲁兹时结识了艾尔维拉，并为其美貌倾倒，即使知道她有婚约在身，佩莱格林仍诱奸了她。而之后他还毫不负责地抛弃了爱上自己、并希望与他结婚生子过安定生活的艾尔维拉，因为在佩莱格林看来，承担责任、组建家庭将极大限制他追求自由。在第四幕，佩莱格林得知艾尔维拉表希望与其

① FRISCH M. Gesammelte Werke in zeitlicher Folge：Band Ⅱ Ⅰ［M］. Frankfurt am Main：Suhrkamp Verlag，1976：41.

② FRISCH M. Gesammelte Werke in zeitlicher Folge：Band Ⅱ Ⅰ［M］. Frankfurt am Main：Suhrkamp Verlag，1976：73.

结婚的想法后这样对她说：“结婚……我恐惧这个词已经很久了。”① 佩莱格林认为“婚姻是爱情的棺木”②，家庭是“一个让人们无法离开的窝［……］它需要男人剪断自己仅有的那么一点羽翼。”③ 在同艾尔维拉的关系中，佩莱格林享受的是无所顾忌的本能激情、自由的爱情，而婚姻和家庭则被他视为“爱情的棺木”、“无法让人离开的窝”。丈夫或是父亲的身份会迫使他担负起许多责任，而这将成为他自由的枷锁，佩莱格林也因此对艾尔维拉始乱终弃。

其次，佩莱格林行为举止毫无礼节。在第一幕，当已成为上尉夫人的艾尔维拉执意邀请佩莱格林共进晚餐时，仆人将佩莱格林的就餐座位安置在离上尉夫妇较远的地方，并婉转地建议上尉夫人不要使用高档餐具招待客人。按照对佩莱格林的行为举止有过观察的仆人的描述，佩莱格林毫无餐桌礼仪可言。他说佩莱格林总是一副“醉醺醺”④ 的样子，并认为“这个家伙，我是说我们的客人，他的礼节就是喝完酒将空杯子扔到墙角，每一次都是如此。”⑤

再次，佩莱格林所选择的生活方式也遵从着追求自由的本能，即以流浪者、海盗的身份浪迹天涯。剧本虽未对佩莱格林的冒险生活进行明场表现，但通过上尉男仆之口，我们还是可以对此有较清楚的了解。在第一幕，上尉的男仆在听了四海为家的佩莱格林经历的各种奇闻逸事后，这样对自己的主人转述：

---

① FRISCH M. Gesammelte Werke in zeitlicher Folge：Band Ⅱ Ⅰ ［M］. Frankfurt am Main：Suhrkamp Verlag，1976：49.

② FRISCH M. Gesammelte Werke in zeitlicher Folge：Band Ⅱ Ⅰ ［M］. Frankfurt am Main：Suhrkamp Verlag，1976：49.

③ FRISCH M. Gesammelte Werke in zeitlicher Folge：Band Ⅱ Ⅰ ［M］. Frankfurt am Main：Suhrkamp Verlag，1976：49.

④ FRISCH M. Gesammelte Werke in zeitlicher Folge：Band Ⅱ Ⅰ ［M］. Frankfurt am Main：Suhrkamp Verlag，1976：24.

⑤ FRISCH M. Gesammelte Werke in zeitlicher Folge：Band Ⅱ Ⅰ ［M］. Frankfurt am Main：Suhrkamp Verlag，1976：25.

> 这个异乡人真是个神奇的人！这人拿着把吉他坐在桌子上向我们讲述连雪都没见过、光着身子的民族，他们没有感受过恐惧，也没有需尽的责任，不知道什么是利息，也没有蛀牙。这都是真实存在的。还有那些会朝蓝天喷射硫磺、烟雾以及发光的石头的山，就是这么回事；这些都是他亲眼所见。据说这是我们地球的内核。还有那些鱼，只要它们乐意还能飞，他还说，如果人们在海底朝上看，太阳就会像绿色玻璃片一样闪烁……他的裤子口袋里就装着个珊瑚，阁下，我们都看到了。[……] 他去过所有的地方。他刚刚还跟我们讲到了摩洛哥，西班牙，圣·克鲁兹……①

尽管佩莱格林的人格分裂主要体现为本我不受超我约束而过度扩张，但是他的内心也与上尉一样产生过矛盾和挣扎。他在过于追求满足本能需求的同时，人格依然存在着超我的影响，这主要见之于他对约束本我的安定且有教养的体面生活充满向往，并渴望拥有家庭和子女。在第一幕，被邀请与上尉夫妇共进晚餐的佩莱格林在目睹了上尉的城堡后，向艾尔维拉表达了自己对其现在生活的羡慕："你们住的地方真漂亮，就跟我一直以来所幻想的住所一样。"② 在最后一幕，佩莱格林向艾尔维拉坦白，他此次拜访的真正目的是为了感受一次自己渴望拥有、但却无法拥有的生活：他渴望自己成为一个有教养的人，渴望拥有高雅的爱好；他还渴望感受拥有妻子与子女的家庭温暖，渴望见到自己的私生女，即他和艾尔维拉的女儿维奥拉。他在弥留之际对艾尔维拉说：

> 我热爱那些我不了解的书籍……如果我重新活一次，我想学习弹钢琴；我认为这将是很美妙的事……画画也十分美妙……还有许多许

① FRISCH M. Gesammelte Werke in zeitlicher Folge: Band Ⅱ Ⅰ [M]. Frankfurt am Main: Suhrkamp Verlag, 1976: 19.

② FRISCH M. Gesammelte Werke in zeitlicher Folge: Band Ⅱ Ⅰ [M]. Frankfurt am Main: Suhrkamp Verlag, 1976: 27.

多事情都很美妙……如果我们能够就像现在这样安静相处一个小时该多好！只要这样就好……你可以织织毛线或是看看书；我观赏这些藏书，这些蝴蝶标本，还有所有这些画上的植物……然后，我就可以离开了……我想再感受一次只属于我们的人生。①

佩莱格林临终前最后的独白也印证了他人格中来自超我的反抗，即对上述人生的渴望，他说："看来，人们无法同时拥有两样。这一位拥有大海，另一位拥有城堡；这一位拥有夏威夷，另一位拥有孩子。"② 最终佩莱格林怀着未能解决的内心矛盾遗憾地死去。

三、关系畸形的夫妻

弗里施在《当战争结束时》中刻画了一对关系畸形的夫妻——霍斯特夫妇，以此表现现代社会夫妻关系的异化，或者更确切地说是现代社会人与人之间关系的异化。正常的夫妻关系是以爱情为基础、以婚姻为纽带的男女双方成就对方需要的家庭主要角色关系。③ 剧中霍斯特夫妇之间畸形的夫妻关系主要体现在夫妻间爱情的消亡、夫妻双方交流的缺乏以及彼此关系的扭曲。

首先，霍斯特和妻子艾格尼丝之间的关系充斥着冷漠，二人没有了爱情，艾格尼丝还陷入了婚外恋情。霍斯特夫妇之间感情的冷漠从第一幕第一场二人久别重逢的场景可以看出：出门打水的艾格尼丝碰巧遇到了躲避在自家花园里的霍斯特。认出彼此的夫妻二人不仅没有做出任何亲昵的举动，甚至连问候或交谈都未进行。霍斯特在沉默中拿起艾格尼丝的水桶，艾格尼丝也在沉默中与丈夫一同返回地下室。本以为丈夫已在战争中丧生

---

① FRISCH M. Gesammelte Werke in zeitlicher Folge：Band Ⅱ Ⅰ [M]. Frankfurt am Main：Suhrkamp Verlag，1976：71.

② FRISCH M. Gesammelte Werke in zeitlicher Folge：Band Ⅱ Ⅰ [M]. Frankfurt am Main：Suhrkamp Verlag，1976：72.

③ 参见 https：//de. wikipedia. org/wiki/Ehe.

的艾格尼丝在看到其生还回家后全无喜悦之情，只是感到十分惊讶；而死里逃生、回到妻子身边的霍斯特在与其重逢后也表现得十分冷淡。此外，因苏军抢占自家房屋而蜗居地下室的二人在独处期间也一直未向对方展现丝毫爱意。霍斯特对艾格尼丝在与自己分开数年间的生活状况不闻不问，而艾格尼丝也对霍斯特两年以来杳无音讯的原因漠不关心。尽管期间霍斯特时常小心翼翼地向妻子询问其对自己的感情，并对其可能的背叛行为表示出宽容，但是这也并非由于他对妻子心怀爱情，而是由于他试图通过唤起妻子对自己的爱来受到庇护。因为从军队逃亡回来的霍斯特依然身着纳粹军装，为使自己隐藏起来不被苏军发现，艾格尼丝的协助和掩护就显得尤为重要。在第一幕第一场，与艾格尼丝隐居在地下室的霍斯特忐忑地对妻子提问："艾格尼丝，我有问这个问题的权利。我认为，问这个问题应该也不会使你感到恶心……我们都只不过是人。我指的是昨天我已经问过你的问题……你是否还像以前那样爱我。你无需告诉我过去这两年发生了什么；只需回答爱我或不爱。"① 而艾格尼丝从不正面回答丈夫有关自己对他感情的询问，面对提问的丈夫，她屡次选择转移话题，这也表明她对丈夫不再有爱意。而且艾格尼丝的婚外恋也进一步证实了她与丈夫之间爱情的消亡。虽然她已不再爱自己的丈夫，但还是为其做好了掩护工作：艾格尼丝接受了占领自家的苏军的派对邀请，并通过交涉让对方承诺不到地下室查看。随着艾格尼丝与苏联军官施蒂凡交往的深入，她逐渐对其产生了爱慕之情。恋爱后的艾格尼丝不仅每天都十分期待同施蒂凡约会，而且变得更加在意自己的容貌。每次赴约前艾格尼丝都会从头到脚精心打扮，她会换上华丽的晚礼裙、化精致的妆容、梳理漂亮的发型，甚至还要细致地修剪指甲。艾格尼丝与施蒂凡见面时的美丽形象与她平日同丈夫蜗居地下室时的朴素形象迥然不同。

其次，霍斯特和艾格尼丝之间还缺乏沟通与交流。蜗居地下室的夫妇

---

① FRISCH M. Gesammelte Werke in zeitlicher Folge：Band Ⅱ Ⅰ ［M］. Frankfurt am Main：Suhrkamp Verlag，1976：242.

二人在一开始就缺乏真正的交流，他们的对话通常没有实质性内容。而陷入婚外恋情的艾格尼丝在与丈夫相处时变得更加寡言，虽然她平日的大多数时间都同霍斯特共处一室，但她宁愿去回味前一天同施蒂凡约会的情景也不愿与丈夫交谈。在第二幕第三场艾格尼丝又一次为赴施蒂凡之约做准备时，丈夫与她展开了以下对话：

霍　斯　特　总而言之你讲话讲得越来越少了……刚开始的时候完全不是这样，这你也是清楚的……但是现在呢？［……］最近这段时间只要我不发问，你就变得愈发沉默了。

艾格尼丝　顺便提一下，我觉得你什么都不说也很奇怪。自从去了华沙，你消失了整整两年：你经历了些什么，去了哪里，你也是只字不提。①

由此可见，霍斯特夫妇不仅仅在艾格尼丝开始与施蒂凡约会后才变得缺乏交流，二人实际上早在两年前就处于此种状态。而艾格尼丝与丈夫之间的缺乏沟通又恰好同她与施蒂凡相处时的情形形成鲜明对比。在第二幕第四场，她对施蒂凡作了如下表白："你知道我是多么幸福，听不懂对方在说什么在我看来也是美好的……但是我爱你，施蒂凡，这点你知道吗？［……］如果你走了，我将再也不会如此幸福。"② 与丈夫相处时沉默寡言的状态截然不同，艾格尼丝每晚面对施蒂凡时都有说不完的话，尽管二人在语言沟通上存在巨大障碍，但这也并未影响他们精神上的交流。

再次，霍斯特和艾格尼丝的夫妻关系还是扭曲的。对霍斯特而言，比

① FRISCH M. Gesammelte Werke in zeitlicher Folge：Band Ⅱ Ⅰ［M］. Frankfurt am Main：Suhrkamp Verlag，1976：261.

② FRISCH M. Gesammelte Werke in zeitlicher Folge：Band Ⅱ Ⅰ［M］. Frankfurt am Main：Suhrkamp Verlag，1976：269.

起夫妻关系的原则性问题，他更优先考虑自身的利益或安危，并在很长一段时间里对妻子的婚外恋表现出忍耐和纵容的态度；而对艾格尼丝而言，在蜗居地下室期间她已经明显地表现出不再爱自己的丈夫，并与施蒂凡坠入爱河。虽然她知道自己不应该这样，但她却无法克制自己的感情。在第二幕第三场，艾格尼丝正要上楼与施蒂凡约会时，夫妇二人的下述对话表现了他们心态的扭曲：

艾格尼丝　你为什么要这样盯着我看？

霍斯特　你看起来真美，艾格尼丝，就像在埃尔米塔什我们参加的第一次舞会上那样动人。

艾格尼丝　你其实是想说点别的。

霍斯特　没有。

艾格尼丝　说出来。

霍斯特　你是不是特别喜欢上去？

艾格尼丝　霍斯特……

霍斯特　我只是问问。

艾格尼丝　那就不要让我去！再也不要让我去了！

霍斯特　艾格尼丝？

艾格尼丝　阻止我啊！阻止我啊！

霍斯特　哎……

艾格尼丝　不要让我再上去。

霍斯特　那如果他们下来了呢？

艾格尼丝　杀了我吧。

霍斯特　艾格尼丝……

艾格尼丝　杀了我们俩。

霍斯特　他爱你……这我可以理解，天哪，这又不犯法。如果什么都没发生的话……我知道我很卑鄙……我不会再要求你发誓向我许诺什么了！

[……]

艾格尼丝　杀了我！（艾格尼丝从皮毛大衣里拿出手枪。）动手吧！就现在！动手！（霍斯特从她手里拿走了手枪。）相信我，或者杀了我！（艾格尼丝跪倒在地。）

霍 斯 特　这是怎么了，艾格尼丝……快……起来，快起来……我们都理智点……如果你现在不上去，我们就都完了，你听到了吗？①

根据上述夫妇二人的对话可知，霍斯特已经明了妻子对自己的背叛，而艾格尼丝对丈夫含沙射影的话语也做出了激烈回应，并要求丈夫阻止自己上楼与施蒂凡约会，这也表现出她因作为妻子应遵守的道德伦理与对施蒂凡的爱所产生的内心冲突。尽管如此，在这次对话的最后，霍斯特还是催促即将迟到的妻子赶紧上楼，因为他害怕施蒂凡下楼查看暴露自己的存在。而结合此前艾格尼丝与施蒂凡相处的情景可知，此时她去赴约也并非为了保护丈夫，而是因为她已爱上了施蒂凡。综上，艾格尼丝的不忠以及霍斯特对她不忠行为的放纵或怂恿充分体现出夫妇二人之间关系的扭曲。

第三节　原因分析：弗里施为何在早期寓意剧中表现上述内容、主题和人物

尽管弗里施强调戏剧不模仿现实世界，但他之所以在《他们又歌唱了》《当战争结束时》《中国长城》和《圣·克鲁兹》中表现以上几节所分析的涉及战争、极权主义以及人和人与人关系异化的内容和主题，并且描写战争中的侵略者、受难者、极权社会中的统治者、人格分裂者和关系畸形的夫妻等人物形象，仍与其创作上述剧作时所处的现实世界及其个人

① FRISCH M. Gesammelte Werke in zeitlicher Folge: Band Ⅱ Ⅰ [M]. Frankfurt am Main: Suhrkamp Verlag, 1976: 263-264.

经历有着密不可分的关系，因为上述内容、主题和人物形象按照作者的观点实际上仍是在对源于现实生活的事件、人物等进行变形（艺术加工）的基础上产生的。此外，上述内容、主题和人物形象无疑亦反映了作者对其所处的现实世界和个人经历的思考和认识，根据弗里施本人的说法，这实际上也充分体现出其通过寓意剧创作对现存世界所作的“阐释”。本章节将对此作进一步的说明。（作者之所以在早期寓意剧中表达人［人生］和世界无法改变、人生是痛苦的等思想，原因在于受到了存在主义哲学的影响，本书第二章已经提及这一点，对于该问题本书第四章将有更为深入的探讨；本书第四章还将对作者之所以在其寓意剧中表现人以及人与人关系异化主题的社会根源予以分析。）

一、对现实世界的影射、思考及作者从军经历的影响

弗里施在分别于第二次世界大战即将结束时、战后一年以及战后两年完成的《他们又歌唱了》（1945）、《中国长城》（1946）和《当战争结束时》（1948）中对与第二次世界大战和法西斯德国相关的素材（史实）进行了变形处理，从而使以上三部剧作在一定程度上对此作了曲折反映，此外它们还明显受到作者本人在第二次世界大战期间在瑞士军队服役经历（其参军时间为1939年至1945年）的影响。

1. 对第二次世界大战和法西斯德国罪行的影射及作者从军经历的影响

《他们又歌唱了》和《当战争结束时》都较为明显地涉及第二次世界大战中涉战国的情况，前者对战争过程中交战双方的情况作了较为抽象的展示，后者则表现了战争结束时被苏军占领的战败德国的情况。

第二次世界大战开始于1939年9月1日，结束于1945年9月2日，历时六年，它是人类历史上一场空前的浩劫。这场战争在世界范围内造成无数的人员伤亡以及巨大的物质损失。据统计，在此次战争中各国参战军人的总死亡数逾2300万，全世界约有7000万平民丧生，伤残人数共计1.3亿。法西斯德国在第二次世界大战中对被侵占国犯下了罄竹难书的罪行，纳粹士兵在战争中对战俘以及侵占国的无辜平民展开了惨绝人寰的屠

杀行动。德军的此种行动并非个别行为，而是集体行为，甚至是一道必须服从的命令。根据战后公布的第二次世界大战德军档案数据，仅苏联俘虏，德军就屠杀了逾 330 万名，由此可见其展开的屠杀暴行规模之大。据保守统计，德军在此次战争期间屠杀逾百万平民。而发动战争的德国同样也遭到了盟军的猛烈反击。自 1940 年起，以英国、美国空军为首的盟军对德国进行了为期五年的空中战略轰炸，这不仅造成了德国在军事、工业和经济上的巨大损失，而且使无数德国百姓丧命。尤其是在第二次世界大战将近结束时，盟军加大了对德国的打击力度，全德国范围内死伤人数逾百万，致使 750 万德国百姓流离失所。此时德国百姓也遭受了盟军不端行为的侵害。虽然盟军在此次战争中英勇作战，为打击法西斯势力做出了巨大贡献，但一些盟军士兵在德国占领区的罪恶行径也是不争的事实，其主要体现为抢劫平民、强奸妇女、强占民宅等。

虽然瑞士在第二次世界大战中保持中立，并未真正参与这场残酷的战争，但自 1939 年战争爆发，凡是 60 岁以下身体健康的瑞士男性公民都必须到瑞士军队服役五百至一千天不等。弗里施本人也于 1939 年 10 月入伍，主要驻扎在瑞士南部的提契诺州，并在此陆续服役 650 天，直到第二次世界大战结束。这段经历使他对战争产生了深刻的体验和认识，也促使他在其早期寓意剧创作中将对战争的影射和反思作为表现重点。弗里施在 1946 年所写的一篇题为《极乐世界，瑞士》的散文中回忆了他的战争经历：

> 我们可以听到轰炸机的声音，当它们夜晚飞往慕尼黑，飞往乌尔姆，一波又一波：当孩子们再次入睡，它们又飞回来，一波又一波，而当我们什么都听不到，一直陪伴着我们的还有：恐惧。［……］华沙被夷为平地时我们就有了这种恐惧。［……］我还记得德国开始攻打伦敦时的报道：尸横遍野。当时我们就已经认为这简直是荒唐至极。我们颤抖着；当我们修筑防空洞，挖掘壕沟，德国胜利的钟

声在莱茵河对岸整整响了七天，我们充分意识到，我们无法阻止德国。①

在1946年所写的一则日记②中，弗里施又以瑞士人的身份再次对第二次世界大战的残酷进行了描述，他如此写道：

> 一方面，我们（瑞士人）并未亲身经历战争的磨难，但另一方面，我们也经历了一些决定我们命运的事物。尽管众所周知我们免受战争之害，但战争也是与我们息息相关的。我们住在刑讯室的边缘，我们听到了叫喊，发出叫喊声的不是我们；虽然不是我们自己身处苦难的深渊，但这些苦难离我们太近，以至于我们笑不出来。我们的命运夹在战争与和平之间的真空之处。③

在弗里施看来，正是因为身处中立国，他才可以从更全面的视角来审视这场时代浩劫，在《关于时代事件和文学创作》（1945）一文中，弗里施这样写道：

> 我们与逃跑的战俘交谈，他们向我们讲述了荒漠上的战争以及英国的空战；每天，我们都能在和平的街道上看到不断改变欧洲局势的年轻飞行员，我们还看到来自双方阵营的伤员，形形色色的逃亡者，讲述父母被枪杀的孩子们。我们这里有这个时代的景象，它比身处战争中的人民所看到的景象更清晰、更令人厌恶。不同于所有身处战争中的人，我们这里始终有双重的景象，它能使我们把握这可怕的世界

---

① FRISCH M. Gesammelte Werke in zeitlicher Folge: Band Ⅱ Ⅰ [M]. Frankfurt am Main: Suhrkamp Verlag, 1976: 314.

② 摘自弗里施日记体散文集《日记1946—1949》，其中的日记均未注明具体的撰写日期，以下同。

③ FRISCH M. Gesammelte Werke in zeitlicher Folge: Band Ⅱ Ⅱ [M]. Frankfurt am Main: Suhrkamp Verlag, 1976: 75.

> 大事的广度。我们不是战斗的一方。虽然我们与战斗的一方一样有同情心、心愿和思考；但我们的视野和感受不会像战斗者一样不可避免地变得狭隘。因为我们不具备一点：复仇的诱惑。我们是唯一一群站在那儿能够和必须观看整场悲剧的人；战斗者只有在自己登台时才能看到舞台上的情景，观众却能够一直观看。[……] 我们所扮演的角色与古典希腊悲剧中的合唱队基本相似：它（指合唱队）不能决定眼前发生的一切，并且它也明白自己无法决定什么……它是所有人的同情者，它不会将他们弄混，不会混淆他们的罪责，不会混淆他们的轻重，它没有创造或毁灭主角的激情。①

弗里施还在服役期间所写的随笔集《面包袋里的纸张》（1940）中明确表达了对第二次世界大战的批判性看法。他不仅在书中称“这场战争就像一场雷雨，一直席卷远方，吞没一切”②，而且还指出在这场战争中“有太多令人恶心之事，有太多沉重之事”③。弗里施认为战争不会给人们带来未来，它只会使人们对未来美好的幻想破碎，在他看来，“战争持续得越久，人们就会越来越频繁地思考这个时代的意义，寄希望于一个新生的世界，但是谁能给予我们这样一个世界？”④ 身为第二次世界大战的见证者，弗里施认为战争应该使人们更加珍爱和平，他在上述随笔集中如此写道：“在我们拥有和平的时候，我们是如何看待它的呢？如果没有夜晚的黑暗，我们又怎会跪求阳光？如果没有对死亡的恐惧，我们又怎会理解生

① FRISCH M. Gesammelte Werke in zeitlicher Folge：Band Ⅱ Ⅰ [M]. Frankfurt am Main：Suhrkamp Verlag，1976：286-287.

② FRISCH M. Gesammelte Werke in zeitlicher Folge：Band Ⅰ Ⅰ [M]. Frankfurt am Main：Suhrkamp Verlag，1976：102.

③ FRISCH M. Gesammelte Werke in zeitlicher Folge：Band Ⅰ Ⅰ [M]. Frankfurt am Main：Suhrkamp Verlag，1976：104.

④ FRISCH M. Gesammelte Werke in zeitlicher Folge：Band Ⅰ Ⅰ [M]. Frankfurt am Main：Suhrkamp Verlag，1976：132.

存的可贵？"① 在 1947 年所写的一则日记中，作者又进一步解释了自己所理解的和平："人们所说的和平是什么？它通常指通过消灭敌人而获得的安宁。美国人的和平或俄国人的和平。我既不支持前者，也不支持后者，我只支持和平本身：没有战争。"②

从以上所述可知，弗里施在《他们又歌唱了》中所表现的战争的残酷，所刻画的战争中的侵略者——残忍地杀害无辜人质的纳粹军官赫伯特——以及代表着无数被卷入战争的无辜平民卡尔一家——他们因空袭失去家园、亲人和自己的性命，均取材于第二次世界大战以及法西斯德国的罪行，只不过作者对此作了更具普遍性的表现，并且融入了亲历过残酷战争的他对第二次世界大战的批判性看法。此外，弗里施在剧中所描写的敌对双方死后在天国进行反思与和解，也反映出作者对战争的反思以及对和平的渴望。（该剧所涉及的战争罪责问题本书第四章的原因部分将予以探讨。）而《当战争结束时》中所写的苏军占领霍斯特夫妇的住宅，而夫妇二人则蜗居地下室的情况也以德国战败后盟军士兵在占领区的某些不端行为为依据——本章第一节已经提及，该剧女主人公与苏联军官的爱情故事也源于第二次世界大战结束时柏林的真实事件。

2. 对希特勒的影射以及对核武器战争的思考

对希特勒和核武器战争的影射主要在《中国长城》中体现。虽然该剧的时间为古代，地点为中国南京，但根据该剧的创作时间（1946）、内容、主题以及剧中秦始皇的形象特征可以断定，作者借助极权社会中独裁、残暴、野心勃勃的统治者秦始皇暗指纳粹德国元首希特勒（1889—1945 年）。希特勒是个臭名昭著的独裁者，他于 1933 年上台成为德意志第三帝国元首，并在上任后马上以独裁者的姿态统治德国。希特勒对内极力铲除反对派，使自己成为第三帝国的唯一主宰者。不仅如此，希特勒为巩固自己的

① FRISCH M. Gesammelte Werke in zeitlicher Folge：Band Ⅰ Ⅰ［M］. Frankfurt am Main：Suhrkamp Verlag，1976：115.

② FRISCH M. Gesammelte Werke in zeitlicher Folge：Band Ⅱ Ⅱ［M］. Frankfurt am Main：Suhrkamp Verlag，1976：614.

地位和权力还对民间的异己分子进行疯狂迫害：一方面，他强化了特务组织，使人民处于特务的严密监控之下，对持不同政见者、批评者一律进行无情打击；另一方面，希特勒禁止言论自由、禁锢人们的思想。他不仅不允许人民议论、指摘自己的政党、军队以及政策，还严格掌控人民的思想，焚烧大量进步书籍，禁止人民阅读、观看外国书籍和电影。在短短的三四年时间里，希特勒便使整个德国纳粹化，登上真正意义上的权力巅峰。此外，希特勒还是一个残暴、嗜血的统治者。他在掌权时期对犹太民族实行了惨绝人寰的种族灭绝计划，在各占领区系统地屠杀近 600 万犹太人；他还对几十万持不同政见者、同性恋者、吉普赛人以及战俘进行了同样的血腥清扫。希特勒还对外显现出极大的侵略野心，妄图征服世界。他在执政初期就积极开展军备扩建，并美化战争煽动本国人民情绪。经过几年的酝酿和准备，纳粹德国 1939 年 9 月 1 日向波兰宣战，由此挑起第二次世界大战。之后纳粹德国在希特勒的指挥下不断对外侵略扩张，德军曾一度占领了大半个欧洲。弗里施曾于 1946 年 4 月造访德国，他目睹了这片饱受希特勒独裁统治和战争之苦的满目疮痍的土地后，写下了《中国长城》的剧本。他还在 1948 年的一篇文章中称该剧是“一出让人相当绝望的闹剧”①。《中国长城》中出现的秦始皇独断专行，不仅在自己的国家实行血腥统治，残酷地迫害自己的反对者和不敬者，而且还不断对外进行侵略，妄图用武力征服世界。这一切均使人联想到希特勒。而该剧揭露的极权统治对社会的危害也反映了作者对极权主义的批判态度。埃德加·奈斯在其《马克斯·弗里施戏剧解析——以〈中国长城〉为例》一书中对作者的创作意图作了如下阐释：“马克斯·弗里施希望通过《中国长城》暗示，如果世界落入毫无责任感的政治家、充满统治欲的独裁者或乖张、精神异常的君主手中，它将有何种命运。”②

① FRISCH M. Gesammelte Werke in zeitlicher Folge: Band Ⅱ Ⅱ [M]. Frankfurt am Main: Suhrkamp Verlag, 1976: 589.

② NEIS E. Erläuterungen zu Max Frisch Die Chinesische Mauer [M]. Hollfeld: C. Bange Verlag, 1981: 46.

《中国长城》中现代人这一角色对核武器战争的警示显然与第二次世界大战期间核武器的使用有关。核武器诞生于第二次世界大战后期。1938年，德国物理学家哈恩和德国化学家斯特拉斯曼首先发现了核裂变反应，并于次年发表了有关铀原子核裂变现象的论文，通过核反应产生的核能（原子弹）可以用于军事目的。与此同时，著名科学家爱因斯坦在美国建议研制原子弹，并于1945年成功研制出世界上第一枚原子弹。原子弹的诞生给世界带来了巨大灾难，因为它不仅是杀伤力极大的武器，而且还会对投掷地造成大面积的放射性污染。原子弹生产出来后就被迅速地运用在第二次世界大战的战场上。1945年8月，美国先后向日本的广岛和长崎投掷了两颗原子弹，两座城市因其巨大威力死亡四万多人，而死于辐射及放射粉尘的人数更是高达二十余万。第二次世界大战的现实已证实使用核武器的严重危害。弗里施也在1946年的一则日记中就广岛原子弹事件表达了自己的看法，他如此写道：

在原子弹爆炸之后，如同黑色花椰菜的浓烟在天空中滞留了数小时［……］广岛成千上万的人因此丧命，这是让人无论如何都高兴不起来的。而且这还只不过是正式演出前的彩排［……］这让我们看到，人类也可以制造出上帝灭世的大洪水［……］我们可以做我们想做的事，问题只在于我们想不想做；在进步的终点，我们将站在亚当和夏娃曾经站过的地方；只剩下道德上的问题［……］是否保持人性也取决于我们。①

弗里施还在1947年的另一则日记中指出现代核武器战争将会对全人类带来可怕的后果：

① FRISCH M. Gesammelte Werke in zeitlicher Folge：Band Ⅱ Ⅱ［M］. Frankfurt am Main：Suhrkamp Verlag，1976：400-401.

早先的时代还不存在可以毁灭世界的科学技术；那时的战争总是一种受地域限制的不完全的谋杀。[……] 以前，人们不缺乏想要战争的荒唐想法，缺乏的是科技手段。现如今我们已经拥有了这种手段，而且它先进得无可指摘。对我们来说这就是新的变化，并且是至关重要的事。在我们的时代，发动战争已无法做到只毁灭敌人而不毁灭自己。①

而作者之所以在《中国长城》中通过现代人之口为世人敲响警惕核武器、核战争之钟，是因为他已清醒地认识到随着科技的不断发展，越来越多的国家将拥有研制开发核武器的能力，核战争的全面爆发对全人类而言无疑将会是一场灭顶之灾。

二、对作者青年时期职业和婚姻经历的曲折反映

《圣·克鲁兹》和《当战争结束时》的内容、主题和人物形象则在一定程度上与作者本人青年时期的职业和婚姻经历有关。

1. 在建筑师与作家的身份之间徘徊

《圣·克鲁兹》（1944）所展示的人生的苦难以及剧中出现的两个人格分裂的人物形象，或多或少反映了作者青年时期物质生活需求与精神追求之间分裂的亲身感受，及其在作家与建筑师的职业抉择中摇摆不定的矛盾内心。

弗里施是在几番周折后才一心踏上文学创作之路的。他将文学视为一种精神上的追求，进行文学创作是其内心的渴望。弗里施在孩童时期就已经对文学（戏剧）表现出浓厚的兴趣，他在收录于《日记 1946—1949》中的一则题为《自传》的文章中写道："我对足球和后来接触到的戏剧怀有无止尽的热爱。仅仅是观看了一场表演得差强人意的《强盗》就足以让

① FRISCH M. Gesammelte Werke in zeitlicher Folge: Band Ⅱ Ⅱ [M]. Frankfurt am Main: Suhrkamp Verlag, 1976: 615.

我费解，为何人们，所有那些成年人，他们有足够的钱并且没有家庭作业，却不在剧院里度过每一个夜晚。”① 弗里施在中学时期（1924—1930年）已开始创作自己的第一批剧作，虽然这些试验性作品无缘上演并最终被其销毁，但他的文学创作欲望已经显露无疑。此后，弗里施按照自己的意愿自1930年起在苏黎世大学攻读日耳曼语言文学，并在此期间做兼职记者。1932年，因父亲去世，他担起了供养家庭的重任，并因此放弃了学业。此后的三年弗里施将精力集中在记者工作上，在此期间他撰写了数量庞大的新闻报道和短文，并发表了自己的第一部长篇小说《于格·莱因哈特》（1934）。

但是弗里施并未以此为契机完全投身于文学创作。最终三年后他放弃了记者工作，并在挚友维纳·科宁克斯的资助下，1936年起就读于苏黎世联邦理工学院建筑系，1941年获得该专业的硕士学位。弗里施弃文从理的决定可以说是他人生道路上的一次重要转折，也是他在职业选择上作出的第一次转变。他之所以半路出家学习建筑学并有意走上一条与文学毫无关联的道路，主要是因为建筑师能够更好地满足他现实生活中的物质需求。他1936年希望与当时的女友凯特结婚并组建家庭，而文学创作无法为他的未来提供可靠的物质保障。弗里施在《自传》中写道：“我在家花了两年时间看清从事记者行业能够为我带来什么，这份工作又将带我走向何方［……］二十五岁的我不得不再次重返课堂。当我打算同当时的女友结婚时，她认为我成家之前首先得立业。她只不过道出了我心中的想法……”② 然而热爱文学创作的弗里施在攻读建筑学时并未完全放弃写作，在第二学年他便完成了短篇小说《来自寂静的回答》（1937）。但随着对建筑学知识学习的深入，弗里施也在其中寻找到了乐趣，并对建筑师这一职业有了如下看法：“这个职业（建筑师）尤其吸引我的地方是它

① FRISCH M. Gesammelte Werke in zeitlicher Folge：Band Ⅱ Ⅱ［M］. Frankfurt am Main：Suhrkamp Verlag，1976：584.

② FRISCH M. Gesammelte Werke in zeitlicher Folge：Band Ⅱ Ⅱ［M］. Frankfurt am Main：Suhrkamp Verlag，1976：587.

的与众不同。它不是纸上谈兵，它是伸手可及、身体力行的，它给予的是物质的具体化形象。”① 专心于建筑学的弗里施作出了彻底放弃文学创作的大胆决定，并将其撰写的所有作品付之一炬。从 1940 年起他正式成为一名建筑师。此后弗里施在建筑事业上取得了非凡成就：1943 年他在苏黎世的一次建筑竞赛中摘得桂冠，并于同年创建了属于自己的建筑工作室。

在建筑界崭露头角、自立门户的弗里施此时再次对文学创作产生了无法抑制的渴望，他又一次在写作与建筑设计之间摇摆不定。与此同时，他还在剧本创作方面受到了时任苏黎世剧院院长的库尔特·希尔施菲尔德的支持。因此弗里施开始了一边做建筑师、一边写作的生活。他通常只在上午处理建筑工作室的事务，其余的大部分时间都奉献给文学创作。《圣·克鲁兹》正是弗里施在这段兼顾建筑工作和文学创作的时期用五周的时间撰写完成的。他后来在自传体小说《蒙托克》（1975）中回忆了创作该剧时自己的状态：“我不想被人逮着我在（建筑）工作室里做些与工作不相干的事；我只不过在自己的绘图板下放了一张为记下灵感所准备的纸条。”② 重燃写作热情的弗里施笔耕不辍，他在撰写《圣·克鲁兹》的同时还完成了自己的第三部小说《难相处的人》以及多篇散文。尽管拥有巨大的创作热情和强烈的创作灵感，此时的弗里施却并不打算正式步入职业作家的行列，因为放弃建筑事业只进行文学创作仍无法满足其物质需求。因此他选择兼顾写作与建筑，其内心无疑也时常在作为物质需求的建筑事业与作为精神追求的写作事业之间痛苦地徘徊。弗里施本人也曾在 1948 年的一则日记中谈及青年时期的内心徘徊。他首先回忆了自己刚弃文从理时的喜悦：“起初我十分高兴，因为自己可以一整个工作日只与高等数学打交道，而不去操心每个月的收入如何养活母亲和儿子。”③ 随后他在这则日

① FRISCH M. Gesammelte Werke in zeitlicher Folge：Band Ⅱ Ⅱ ［M］. Frankfurt am Main：Suhrkamp Verlag，1976：587.

② FRISCH M. Gesammelte Werke in zeitlicher Folge：Band Ⅴ Ⅱ ［M］. Frankfurt am Main：Suhrkamp Verlag，1976：706.

③ FRISCH M. Gesammelte Werke in zeitlicher Folge：Band Ⅱ Ⅱ ［M］. Frankfurt am Main：Suhrkamp Verlag，1976：587.

记里又谈及自己在做出永不写作的决定后内心的失落感："一天，我把手头所有文章打包扎成捆，其中也包括我的日记，然后在森林里将它们付之一炬。因为有太多捆，我不得不跑了两次。我记得那是一个雨天，火不断被雨水淋灭，我用了整整一盒的火柴，烧完后我带着解脱感和空虚感踏上回家的路。"① 他还在这则日记中坦白，虽然自己在烧完作品后"默默在心中立下不再写作的誓言"②，但它又因内心的动摇"两年后被打破"③。

由此可见，作者在上述时期创作的《圣·克鲁兹》中所揭示的人生苦难的主题，在某种程度上影射了其青年时期因职业抉择产生的内心痛苦，而剧中所刻画的上尉和佩莱格林这两个因现实生活的客观情况和内心欲望的矛盾而产生人格分裂的人物形象，也可视为作者对其自身物质需求和精神追求之间分裂状况的一种艺术加工。

2. 貌合神离的第一段婚姻

《当战争结束时》中所描写的关系畸形的霍斯特夫妇也在某种程度上反映了作者与第一任妻子康斯坦泽貌合神离的婚姻生活。该剧写于 1948 年，它正是弗里施身处第一段婚姻时（弗里施 1942 年与康斯坦泽结婚并在 1954 年与其分居，1959 年二人正式离婚）所写的剧作。

1940 年，弗里施与第一任妻子康斯坦泽结识于其建筑学系导师威廉·顿克的建筑事务所，二人均受雇于该事务所。同为建筑师的康斯坦泽出身于苏黎世一个有名望的家族。尽管当时弗里施无论是在建筑方面还是文学创作方面均无建树，生活也捉襟见肘，但康斯坦泽还是于 1942 年同他正式结婚。从表面来看，当时的弗里施拥有幸福的家庭生活。1948 年的他不仅是一位儿女双全的父亲（长女乌祖拉生于 1943 年，长子汉斯·皮特生于 1944 年），而且妻子还怀上了第三个孩子（次女夏洛特生于 1949 年）。弗

① FRISCH M. Gesammelte Werke in zeitlicher Folge: Band Ⅱ Ⅱ [M]. Frankfurt am Main: Suhrkamp Verlag, 1976: 588.

② FRISCH M. Gesammelte Werke in zeitlicher Folge: Band Ⅱ Ⅱ [M]. Frankfurt am Main: Suhrkamp Verlag, 1976: 588.

③ FRISCH M. Gesammelte Werke in zeitlicher Folge: Band Ⅱ Ⅱ [M]. Frankfurt am Main: Suhrkamp Verlag, 1976: 588.

里施婚后的经济状况也有所好转：出身富贵之家的妻子带来了丰厚的嫁妆，减轻了他抚养孩子的经济负担；此外，1943 年后，他还开始经营自己的建筑工作室，而且运营状态良好。在弗里施夫妇共同生活的 13 年里，弗里施将精力放在兼顾建筑工作与文学创作上，康斯坦泽不仅承担了一切家庭事务，而且还扶持丈夫的建筑事业。

尽管弗里施同康斯坦泽组建了一个看似美满的家庭，但事实上他对妻子的感情是淡漠的，甚至可以说是没有爱情的。他曾对好友恩里克·菲利皮尼袒露过自己的内心："第一次吻她（康斯坦泽）时我便明白，她并不是适合我的那个人。但我还是同她结婚了。"① 由此可见，弗里施与康斯坦泽的婚姻并非建立在深厚的感情基础上，而这也是导致二人貌合神离的根本原因。但对妻子缺乏感情不是弗里施这段婚姻中的唯一问题，婚后他还有过多次婚外恋情，知情的康斯坦泽却对此采取视而不见或是纵容的态度。此后成为女作家的弗里施的长女乌祖拉还在回忆录中提及父亲在与母亲的婚姻中出轨的情形，她声称父亲从不刻意隐瞒自己的婚外情。根据乌祖拉的记载，身为父亲的弗里施竟然带着年幼的她与自己的情人一同散步，二人竟公然在乌祖拉面前调情。②

弗里施同康斯坦泽疏离的夫妻关系还可在他的日记中得到间接印证。弗里施一生风流韵事不断，有过多位情人及女友，他本人也毫不避讳地将自己的罗曼史在日记和随笔中记录下来。但在弗里施有关与异性交往的上述记载中却很难找到关于他对康斯坦泽感情的只言片语，他的这种几乎避而不谈的态度实际上也反映了二人婚姻关系的不融洽。值得注意的是，在晚年撰写的自传体小说《蒙托克》中，弗里施曝光了自己一生中的数段恋情、对曾经的挚友以及亲人的回忆，但在这部十一万余字的作品中仅有一小段五百余字的有关他与康斯坦泽的婚姻的描述。事实上康斯坦泽是作者

① WEIDERMANN V. Max Frisch Sein Leben, seine Bücher [M]. Köln: Verlag Kiepenheuer & Witsch, 2010: 95.

② WEIDERMANN V. Max Frisch Sein Leben, seine Bücher [M]. Köln: Verlag Kiepenheuer & Witsch, 2010: 129.

一生中相处时间最长的女人，作为弗里施的第一任妻子，他们共同生活了13年之久，并维系了17年婚姻。而且从内容上可以看出，作者在回忆这段婚姻时并未谈及内心的感情，而是把重点放在计算双方经济方面的得失上。这与弗里施在书中描写其他恋情（包括第二段婚姻）时所表现出的丰富感情形成鲜明对比，可见他并不留恋与康斯坦泽的婚姻。

从弗里施对康斯坦泽感情的淡漠、婚内出轨行为以及康斯坦泽对丈夫以上行径的无视与纵容中不难发现，《当战争结束时》中描写的爱情消亡、缺乏沟通且关系扭曲的霍斯特夫妇可以说也以作者创作该剧时个人的婚姻状况为蓝本并对此作了“变形”。

第四章　弗里施中晚期寓意剧的表层内容、深层主题与人物形象

弗里施的中晚期寓意剧为其中年时期（40 岁至 56 岁）——从 1951 年至 1967 年——撰写的剧作。此时西方资本主义国家已进入战后经济和科技的迅猛发展期，与此同时人的异化也已成为西方社会更为普遍的现象，而且该时期的西方社会还处于第二次世界大战后存在主义思潮的影响中。此时的弗里施已正式成为职业作家，处于思想和艺术上的成熟期，其间他创作的《毕德曼和纵火犯》（1957）和《安道尔》（1961）两部剧作还获得了国际声誉；而作者本人在这段时期也因与异性的复杂关系与第一任妻子离婚。本章将对弗里施这一时期创作的《俄德兰伯爵》（1951）、《唐璜或对几何学的爱》（1953）、《毕德曼和纵火犯》《菲利普·霍兹的愤怒》（1958）、《安道尔》以及《传记》（1967）这六部寓意剧的表层内容、深层主题和人物形象进行分析，进而探讨作者在其中表现以上内容、主题以及人物形象的原因。

第一节　弗里施中晚期寓意剧的表层内容与深层主题

在表层内容方面，弗里施的中晚期寓意剧较之早期寓意剧表现出更为明显的虚构性、比喻性；在深层主题方面，弗里施的中晚期寓意剧既对其早期寓意剧有所延续也与之存在差异：它们不仅延续了作者早期寓意剧中表现的主题，继续探讨了战争和人的异化问题，而且还与作者早期寓意剧一样呈现出哲理性、多义性较为突出的特点；与早期寓意剧相比，弗里施

的中晚期寓意剧的哲理性更强，而且更为集中地表达了作者的世界观和人生观。弗里施中晚期寓意剧的内容和主题大致分为以下三类：一、表现第二次世界大战和反犹太主义；二、表现人或人与人之间关系的异化；三、表现世界、人生的无法改变及世界的荒谬。第一类内容和主题所描写的战争虽为弗里施早期寓意剧的表现重点，但仅仅出现在作者中晚期创作的《毕德曼和纵火犯》与《安道尔》这两部剧作中；第二类内容和主题是弗里施中晚期寓意剧着重表现的对象，如《俄德兰伯爵》《唐璜或对几何学的爱》《安道尔》以及《菲利普·霍兹的愤怒》均对此有所涉及；最后一类内容和主题虽在弗里施早期的不同寓意剧中已经出现，但在《传记》和《俄德兰伯爵》中有着尤为突出的体现。本章节将对此作进一步的说明。

一、第二次世界大战和反犹太主义

1.《毕德曼和纵火犯》

《毕德曼和纵火犯》是弗里施最具代表性的寓意剧之一，该剧根据他1952年撰写的题为《毕德曼先生和纵火犯》的广播剧改编而成。全剧共有四场，时间不明，故事主要发生在某城市的一所住宅内。《毕德曼和纵火犯》的主人公毕德曼是一家生发水厂的老板，他所居住的城市正遭受着连环纵火案的侵害，全城上下都因纵火犯的逍遥法外人心惶惶。一天，一个名叫施密茨的陌生人登门造访毕德曼，他自称以前是角斗士，目前失业且无家可归，因此向毕德曼提出留宿请求。由于害怕体形健硕魁梧的施密茨，毕德曼在全城人都对可疑的陌生人保持高度戒备的形势下，还是收留了他。虽是寄人篱下，但施密茨在毕德曼家却毫不客气的表现出主人做派，并且还在未经主人允许的情况下将自己的同伴埃森林引进毕德曼家中，二人甚至在主人公家的阁楼上堆满了汽油桶。面对肆无忌惮地为纵火做准备的施密茨和埃森林，毕德曼自欺欺人地说服自己他们并非被通缉的纵火犯。不仅如此，毕德曼甚至还大费周章地设宴款待他们，希望借此博得他们的好感。在酒席上，两个纵火犯向毕德曼索要引爆汽油的火柴，而毕德曼为展示自己的诚意交出了火柴。于是纵火犯们便用毕德曼给的火柴点燃了导火索，整座城市变成一片火海，最后所有人都葬身于火海之中。

《毕德曼和纵火犯》的表层内容首先令人联想到第二次世界大战。可以说剧中的纵火犯和毕德曼分别代表第二次世界大战中不断进行侵略扩张的德国纳粹，以及支持和拥护纳粹的德国小市民。前者正如剧中的纵火犯一样四处引发战火，将无数无辜的生命葬送于战火中；而如同毕德曼的后者在第二次世界大战中间接或直接地成为助纣为虐者。其次，该剧还揭示了一味地向邪恶势力妥协而不反抗终将招致灾祸的道理。

2.《安道尔》

《安道尔》分为十二场，时间模糊，故事发生在一个被虚构出来、名叫安道尔的地方。主人公安德里的表面身份是教师康收养的一个犹太养子，他的真实身份则是教师的私生子。由于安德里的生母来自安道尔的敌国——黑衫国，教师便谎称安德里是自己从黑衫国营救出来的犹太人之子，因为他相信心地善良的安道尔人将会善待安德里。但事实上，在安道尔成长、生活的安德里不仅没有因为犹太人的身份而获得周围人的同情和爱护，相反还因此招致安道尔人的偏见。他想成为木匠，却被木匠师傅索要了高额学费。此外木匠还无视安德里的木工天赋，逼迫其转行售卖椅子，因为他认为做买卖才是适合犹太人的职业。而为安德里做检查的医生也声称所有的犹太人都是利欲熏心的。饱受外人歧视的安德里虽然拥有家人的爱护，但是在他提出要娶教师的女儿巴布琳为妻时却遭到了教师的强烈反对。对自己与巴布琳是同父异母的兄妹关系并不知情的安德里以为教师的反对也是对身为犹太人的自己的歧视。遭受了一连串打击的安德里打算与巴布琳远走高飞，但他又误以为巴布琳背叛了自己。绝望的他开始自暴自弃，全盘接受他人对自己的偏见评价，丧失了对自我的正确认知。来到安道尔的安德里的生母得知儿子的不幸遭遇后指责了教师，并要求他对安德里坦白其真实身份。然而安德里拒绝接受自己身世的真相，并坚信自己就是安道尔人眼中的犹太人。与此同时，安德里的生母被安道尔人当成黑衫国的间谍，被乱石砸死，她的死也成为黑衫国侵略安道尔的借口。进驻安道尔的黑衫军对犹太人进行了公开处决，宣称自己是犹太人的安德里最后死于黑衫军的枪下。以上十二场中还穿插了七个发生在安德里死后的法庭审判场面，店主、木匠、伙计、神甫、医生等安道尔人以证人的身份出庭，分别陈述对安德里的看法以及在生前的所作所为，并且推卸对安德里之死的罪责。安道尔人的法庭证词不仅表现出他们对安德里的偏见，而且还展示出其不知悔改的一面。

从《安道尔》的表层内容可知，剧中的主人公不仅因犹太人的身份饱受他人的偏见，而且还因此死于黑衫国对犹太人的公开处刑中。借此作者不仅批判了欧洲社会中普遍存在的反犹太主义，即仇恨犹太人的思想或行为，而且还暗示了纳粹德国对犹太人的血腥屠杀，并借此对这一惨绝人寰的历史事件予以揭露。此外，该剧还反映了弗里施对普通民众在第二次世界大战中所应承担的罪责问题的思考，这显然延续了作者早期寓意剧《他们又歌唱了》中所探讨的战争罪责问题的主题。

二、人或人与人关系异化

1.《俄德兰伯爵》

《俄德兰伯爵》的创作过程几经波折，先后共有三个版本。弗里施于1951年创作的《来自俄德兰的伯爵》(后被收录到弗里施的《日记1946—1949》中) 为《俄德兰伯爵》的第一个版本，该剧以主人公自杀作为结局，导致上演后反响不佳。其后，弗里施对该剧进行了改写，并于1956年完成了第二个版本。这一版本的内容和主题具有强烈的政治倾向。作者在该版本中暗讽希特勒政权，并试图唤起观众对政治问题的思考，但观众对它的理解和接受却与他的这一初衷背道而驰。最后弗里施于1961年创作了第三个版本的《俄德兰伯爵》。这一版本不再以政治批判作为主题，而是将个体遭受的精神危机作为表现重点；而且与第一个版本不同的是，弗里施在这一版本中设置了一个开放式结局，给观众留下更大的想象空间。①

① ALLKEMPER A, EKE N O. Deutsche Dramatiker des 20. Jahrhunderts [M]. Berlin: Erich Schmidt Verlag, 2002: 344.

本书将对《俄德兰伯爵》的最终版本，即第三版，进行探讨。该剧共有十二景，时间模糊，地点多变，包括别墅、监狱、森林、饭店等。其表层内容如下：本分的银行出纳沃尔夫冈在看似毫无动机的情况下杀害了一个守门人，主人公检察官马丁因审理这起不同寻常的命案而神经失常。他不仅能够完全理解沃尔夫冈仅仅是因为无聊而杀人的行为，而且这起案件还诱发其产生了与杀人犯相似的新人格。人格转换后的马丁也同样极度厌倦单调的生活及其生活的世界中的一切秩序，他烧毁了卷宗，舍弃了检察官的身份并躲进森林里。此后马丁还臆想出一个关于俄德兰伯爵的传说，在传说中，俄德兰伯爵手持锐利的斧头砍倒所有阻拦他的人和限制他的秩序。而马丁随后也按照脑海中的疯狂幻想展开了实际行动，他自称俄德兰伯爵，并用斧子杀害了三名要求查看他护照的执勤乡警。作为俄德兰伯爵的马丁在森林中受到一群烧煤工人的热烈拥戴。他向这群处于社会底层的人们表达了自己反对现存体制和秩序的观念，这使他们认为马丁为他们指明了一条通往更好生活的反叛之路。然而实际上马丁无意发起革命，而只是渴望逃离一切秩序的束缚并追寻自由，于是他决定远航去往一个名为圣托里尼的小岛。出逃的马丁吸引了一大批拥护者和效仿者，甚至作为其标志性物品的斧子也热销到断货。这一现象引起了国家高层的高度关注，国家增派军力对抗马丁的势力。在军队的围剿下马丁与他的众多追随者们躲到了市区下水道里。当他们在交火中处于劣势、且被总统下达了最后通牒之后，马丁抛下众人独自逃生。与此同时，总统不顾国家内战的硝烟仍在府邸大办宴席招待外宾，逃出下水道的马丁闯入宴会，与总统谈判结盟事宜，他的提议遭到了总统的拒绝。在该剧的结尾，马丁回到了自己作为检察官的家中，并从俄德兰伯爵的人格中苏醒过来。他以为过去发生的一切只是一场梦，但窗外却不断传来枪击声；同时其作为俄德兰伯爵时的手下将领前来报捷，称他的起义军已攻占总统府。在马丁对这一切表示出迷惑不解之时，总统来访，宣布自己将让位于他，希望他能建立新的秩序来维护社会的安宁。

《俄德兰伯爵》的表层情节夸张荒诞，蕴含大量隐喻，作者甚至还在剧中杜撰了俄德兰伯爵的黑暗童话故事，以此来暗示与现实世界相关的道理。弗里施在该剧的后记中这样写道："我有时认为，一个传说要比现实更接近真实。"① 作者试图通过该剧向观众传达的"真实"，即其深层主题，是多方面的。该剧最为突出的主题是，揭示了现代人的精神危机与困境，以及现代人在承受机械化生活、压抑个人自由的过程中逐步走向自我异化的普遍现象。剧中主人公马丁和次要人物沃尔夫冈都因无法忍受模式化的生活产生双重人格。身为检察官的主人公在拥有一个工作严谨、遵纪守法的正常人格之外，还分裂出一个为了逃离现实社会的束缚、追求绝对自由而胡作非为的病态人格。他在剧中表现出的这种双重人格特征既是精神病态、严重的心理障碍，也是个体自我分裂、自我异化的一种体现。

2.《唐璜或对几何学的爱》

《唐璜或对几何学的爱》的情节在一定程度上借鉴了14世纪西班牙放荡贵族唐璜的传说。但弗里施并不是将这一历史素材直接再现出来，而是对这一故事原型进行了较大的改编，将传说中原本荒淫残暴的唐璜改写成一个热衷几何学研究的知识分子，并将其安置在一个不明确的时空背景之中。《唐璜或对几何学的爱》共有五幕，剧中场景分散在西班牙的多个城堡中。该剧的表层内容大致如下：主人公唐璜在一次远征中运用几何学知识，正确计算出敌方要塞的面积，为战争的胜利作出了决定性贡献。为奖赏在远征中立下大功的唐璜，塞维利亚的骑士团首领贡萨洛将自己的女儿安娜许配给了他。但是热衷于理性思考、几何学研究的唐璜将理性贯彻到私生活方面，不允许感性介入自己的生活，并拒绝女人的感情。因此他并未接受贡萨洛的美意，不愿结婚的他在婚礼前逃跑。在逃婚途中唐璜偶遇因恐婚同样出逃的安娜，两人在不知道彼此身份的情况下一见钟情。坠入爱河的唐璜与安娜约定一起私奔，然而他却因睡过头未能与安娜碰头。与

① FRISCH M. Gesammelte Werke in zeitlicher Folge: Band Ⅲ Ⅰ [M]. Frankfurt am Main: Suhrkamp Verlag, 1976: 92.

此同时，唐璜发现自己的婚礼已经开始，于是他临时决定参加婚礼，欲当着众多宾客抛弃贡萨洛的女儿，以此来报复、激怒迫使他结婚的贡萨洛。在婚礼上，唐璜认出自己迎娶的新娘正是在逃婚时邂逅的恋人安娜，这使他感到无比惊讶并对爱情产生迷茫。由于不希望自发产生的美好爱情被婚姻的枷锁束缚，也由于安娜没有坚守私奔的承诺出现在婚礼上，唐璜最终还是抛弃了安娜。贡萨洛因唐璜诱拐自己的女儿大为震怒，于是向他提出决斗的要求。为了逃避贡萨洛，同时也为了探寻爱情的真谛，唐璜当晚辗转于不同女人的床榻上：他先是接受了贡萨洛不忠的妻子的邀请，与其共度良宵，之后又强占了好友罗德里戈的新娘。次日，被迫进行决斗的唐璜刺死了贡萨洛。罗德里戈在得知唐璜奸污自己的新娘后因绝望和痛苦而自杀，安娜也因唐璜的抛弃而投湖自尽。好友与初恋情人的死亡使唐璜深受刺激，从此他便从一个理智克制的几何学家堕落成一个夜夜笙歌的花花公子，过着纸醉金迷、放荡不羁的生活。12 年后，唐璜厌倦了这种糜烂的生活，渴望重拾几何学研究。为摆脱情妇们的纠缠、潜心于几何学的研究，唐璜在众情妇面前上演了一出下地狱的假戏，并借此逃进公爵遗孀米兰达的城堡中。本以为接受了米兰达的庇护便可以潜心学术的唐璜却彻底地失去了自由，处处受到米兰达管控；他不仅未能不受干扰地专注于几何学，而且还使米兰达怀孕，成为父亲，最终被终生囚禁于米兰达的城堡以及同她的婚姻之中。

由于《唐璜或对几何学的爱》并未交待明确的时空背景，弗里施笔下的唐璜并不等同于历史传说中的唐璜，他无意让观众将该人物同历史上的唐璜进行类比。作者对唐璜的原型进行改造并非仅为塑造一个具有颠覆性的唐璜形象，而是借深陷自我迷失的该人物来影射现实世界中自我迷失的现代人，从而揭示现代人的自我异化这一普遍现象。

3.《安道尔》

《安道尔》除了批判反犹太主义之外，还通过虚构“安道尔”这个模型来暗示其他深层主题。首先，弗里施通过描写因自我认知混乱而酿成悲剧的主人公安德里的形象来影射现代社会中普遍存在的人的自我异化现象。剧中安德里丧失了正确认知自我的能力，并因此饱受精神折磨，他身陷的精神危机从本质上来说也正是现代人所面临的人与真正自我相疏离的精神困境。其次，该剧还揭示了偏见和歧视给人带来的负面影响，从而阐释了外界能够在很大程度上对个体精神和心理造成伤害。剧中安德里失去辨识真实自我的能力的主要原因也正在于安道尔人对他的偏见和歧视。

4.《菲利普·霍兹的愤怒》

独幕剧《菲利普·霍兹的愤怒》的时间模糊，地点为某地的一所住宅。该剧的表面情节较为简单，它围绕霍兹夫妇之间的一次争执展开。主人公菲利普·霍兹是一位看似有教养的作家，他与妻子多莉的婚姻名存实亡。霍兹夫妇在共同生活的第七年的某天协议离婚，但多莉却在法庭上因对丈夫写的离婚原因有异议而驳回了离婚诉讼，二人因此发生争执。多莉在争吵中数落菲利普作为丈夫的种种缺陷，菲利普为证明自己并非妻子所说的窝囊废而刻意表现出愤怒的状态，并因此做出一系列过激行为：他将多莉反锁在衣柜里，并雇用了两名男佣将家里的家具、离婚协议中判给自己的物品全部拆卸捣毁。此外，为表现自己的行动力菲利普还收拾行李决定去法国马赛加入外籍军团，并且同房东太太解除了租房合同，以此向妻子表达自己的决心以及对她的愤怒。菲利普因冲动而告知多莉自己将去参军，但他马上又对这一决定后悔不已。于是菲利普不断重返家中同妻子告别，并假装出发实则躲在楼下等待，希望得到她的挽留；但多莉对菲利普离家参军一事并不在意。菲利普因此只能前往马赛准备入伍，所幸他在体检中因高度近视被军团拒绝，并最终回到家中与妻子继续貌合神离的婚姻生活。

在深层主题方面，《菲利普·霍兹的愤怒》与《当战争结束时》有着相似之处。弗里施在该剧中展现了霍兹夫妻关系的扭曲，而他们所代表的是现实社会中关系异化的夫妻；籍此剧本还表现了人与人之间冷漠、疏离的关系，揭示了现代社会中人际关系的异化现象。

三、世界、人生的无法改变及世界的荒谬

1.《传记》

《传记》未分幕与场，全剧分为两部分，时空模糊且跨度大。该剧的副题为“一场游戏”，其外在情节也如同一场游戏一样展开。主人公库尔曼是一位研究动物学的教授在他病入膏肓之际，一个被称为“登记员”的人给予他重新开始自己人生的机会。手持库尔曼的生平履历，登记员能够根据库尔曼的意愿让其回到之前人生的任何一个时间点，并且能够让其对已经发生过的事情做出不同的决定和行动，从而修改自己的人生。库尔曼认为自己人生不幸的根源是同第二任妻子安托瓦妮特的婚姻，为斩断这段姻缘，他要求登记员让自己回到同妻子初次见面的夜晚。然而优柔寡断的库尔曼经过再三尝试也未能改变同安托瓦妮特结婚的命运。不仅如此，主人公还无力修改自己此后的人生。尽管登记员一直协助库尔曼，在具有决定性的瞬间提示他应做出不同的行动，但他还是重蹈第一次人生的覆辙。在无数次的重复之后，主人公的生平履历依旧未得到修改，他重来的人生最终还是以同样的方式走向终点：同安托瓦妮特协议离婚的库尔曼身患不治之症，在医院里等待死亡的降临。

《传记》包含了丰富的哲理内涵，集中传达了作者的世界观和人生观。弗里施首先通过该剧的表层内容传达他的世界观，即世界是难以改变的。剧中库尔曼屡次重回过去时，登记员都会对当下的世界形势做一个简单汇报；而根据他的汇报可以发现，在主人公反复重来人生的过程中世界毫无变化。其次，弗里施还在剧中表达了自己的人生观，他认为人生同世界一样，也是难以改变的。因为尽管主人公获得了人生重来的机会，但他还是始终未能成功改变自己的人生。为此弗里施还在该剧的后记中给出了这样一段解释：“库尔曼先生陈词滥调的传记并非这部戏剧的主题，而是他同这样一个事实的关系，也就是人们都将无可避免地随着时间的流逝拥有一

个传记。"① 在此作者试图说明的是，该剧的核心或者说该剧剧名中的"传记"并非指代主人公的传记，而是借助主人公否定以及不断尝试改变、抹除自己的"传记"的这种徒劳行为，来表达人生是难以改变的道理；而人生难以改变是因为人难以改变，这表明人具有本性难移的特质。再次，作者在剧中还通过展现库尔曼的失意与绝望表达了人生充满苦难的人生观。这一观点还在弗里施的早期寓意剧《圣·克鲁兹》中有所体现。

2.《俄德兰伯爵》

以上提及的《俄德兰伯爵》的表层内容还明显传达了作者对世界的抽象看法，即现实世界本身是荒谬的、不可理喻的。他在剧中所写的有关主人公的下述情节是不符合常理的：转变成俄德兰伯爵的马丁虽然神经失常，但却能得到广大民众的支持和拥护；更荒唐的是，国家总统最后竟将最高领导权拱手相让给一个被其视为精神错乱和犯罪者的人，并寄希望于由他建立新的社会秩序。由此可见，弗里施借助这一荒诞不经的故事模型来影射现实世界的荒谬。

第二节　弗里施中晚期寓意剧的人物形象

与弗里施早期寓意剧中人物形象不同的是，作者的中晚期寓意剧不再重点描写战争中的侵略者、无辜受难者或极权社会中的统治者，而是将在早期寓意剧中表现较少的异化的人作为刻画重点；此外作者中晚期寓意剧中还出现了早期剧作中不曾出现的人物形象。作者中晚期寓意剧中的人物形象可划分为以下两大类：一、小市民和失败的自我改造者；二、不同类型的异化的人，其中包括双重人格的人，自我迷失的人，呈现出自我认知障碍特征的人，关系异化的夫妻。下文将分别对上述剧作中的人物形象进行具体分析。

---

① FRISCH M. Gesammelte Werke in zeitlicher Folge：Band Ⅴ Ⅱ ［M］. Frankfurt am Main：Suhrkamp Verlag，1976：579.

一、小市民和失败的人生改造者

弗里施的中晚期寓意剧刻画了小市民和失败的人生改造者这两种类型的人物，他们分别出现在《毕德曼和纵火犯》和《传记》中。小市民在作者的早期寓意剧中不曾出现；失败的人生改造者虽可以说在其早期的《圣·克鲁兹》中已有雏形，但在《传记》中有着更为突出的表现。

1. 小市民——《毕德曼和纵火犯》中的毕德曼

《毕德曼和纵火犯》刻画了一个小市民形象的主人公。所谓的小市民多指包括小商人、小官员、普通城市居民等在内的人群，他们虽然在经济上不贫穷，但在思想和道德观上有着明显的局限性。为凸显该人物的类型化特征，弗里施将主人公命名为“毕德曼”。这一名称由德语的“Biedermann”一词音译而来，该词意为市侩，庸人，伪君子，饱含贬义色彩。作者将剧中毕德曼描写成一个唯利是图、虚伪、胆怯、鼠目寸光、愚蠢的小市民，他因不断向纵火犯妥协而遭受灭顶之灾。

就社会阶层而言，作为生发水厂的经营者的毕德曼属于拥有一定资产的小商人群体，作者首先展示了其身上唯利是图的一面。他售卖的生发水是为牟取暴利而生产的假冒伪劣产品，在第二场，他向妻子巴贝特坦言自己生产的生发水是伪劣产品：“我们的生发水是怎么回事？这是买卖人的成就，并非什么发明创造。可笑！那些使用我们的生发水去涂抹他们的秃顶的可怜的顾客，也可以用他们自己的尿取而代之，其效果是完全一样的。”① 可见毕德曼实际上是通过欺骗消费者的方式使自己获得最大利润。

其次，毕德曼的虚伪做派也十分明显。他声称自己是一个有良心的善人，但实际上却是一个毫无同情心，甚至是冷酷无情的人，这在他对待雇员克奈希特林的态度上有所体现。在第一场，毕德曼在向女佣人安娜强调自己是一个通情达理的人之后不久，就将前来向他求情的克奈希特林拒之

① 弗里施．弗里施小说戏剧选：下［M］．蔡鸿君，译．合肥：安徽文艺出版社，1993：172.

门外。克奈希特林是毕德曼手下的老雇员，为其工作长达十四年之久。他在没有工作过失的情况下被毕德曼解雇，原因只在于作为老板的毕德曼不再需要他。而丢了饭碗的克奈希特林在毕德曼家门外向安娜哭诉自己“老婆生病，还有三个孩子”① 的艰难处境，并希望老板能够网开一面。得知这一情况的毕德曼不仅拒绝接待克奈希特林，还对他的求情嗤之以鼻。毕德曼在要求安娜打发走克奈希特林时说：“去叫他克奈希特林先生别老缠着我［……］我现在休息［……］我不能容许就因为我解雇了他就跟我搞这一套。简直可笑之至！［……］让他躺到煤气灶下去自杀吧，或者去请律师——请便吧！只要他克奈希特林先生打得起官司，请吧！请吧！”②

再次，毕德曼在面对纵火犯时又明显表现出胆怯懦弱的一面。在第一场，他在无情地拒绝和打击走投无路的克奈希特林的同时，却将可疑的角斗士施密茨引进家门，甚至用烟酒和美食款待他。毕德曼对施密茨的招待并非出于善意，而是出于对体格魁梧的施密茨的惧怕。这位角斗士不仅在体型上对毕德曼产生威慑，而且还不断地向毕德曼暗示自己的暴力倾向和纵火意图。施密茨谈到自己来毕德曼家之前被其他房主驱逐的遭遇时，他这样对主人公说：“我只不过想找一个住处，别无他求［……］而这位对角力一窍不通的先生却揪住我们这种人的衣领——干什么？我一边问一边只轻轻地一转身，不过是要瞧瞧他，他的肩胛骨却咔嚓一声扭断了。”③ 他还告知毕德曼，自己曾由于被马戏团老板解雇而放火烧毁了整个马戏团，甚至连马戏团老板也“同他那一堆破烂一起化为灰烬了”④。胆小懦弱的毕德曼在其威胁下允许其在自家留宿。在第三场，施密茨擅自将同伙埃森

---

① 弗里施．弗里施小说戏剧选：下［M］．蔡鸿君，译．合肥：安徽文艺出版社，1993：166.

② 弗里施．弗里施小说戏剧选：下［M］．蔡鸿君，译．合肥：安徽文艺出版社，1993：166-167.

③ 弗里施．弗里施小说戏剧选：下［M］．蔡鸿君，译．合肥：安徽文艺出版社，1993：164.

④ 弗里施．弗里施小说戏剧选：下［M］．蔡鸿君，译．合肥：安徽文艺出版社，1993：163.

林引进毕德曼家中同住，他们甚至还在毕德曼家的阁楼上堆满了汽油桶。而毕德曼仍不敢阻止肆意妄为的二人。

最后，为保全自己不遭受眼前的伤害，毕德曼向纵火犯步步妥协并因此酿成全城大火，这样的行为显示出他的鼠目寸光和愚蠢。在第四场，毕德曼发现施密茨和埃森林在他家为纵火做准备后这样对妻子巴贝特说：

> 毕德曼　如果我检举他们，那两个年轻伙伴，那我就把他们变成我的敌人了，这对你又有什么好处！只要一根火柴，我们这个家就会变成一片火海。这对你又有什么好处？可是，假若我到上面去邀请他们——只要他们接受他们的邀请……
>
> 巴贝特　那又会怎么样？
>
> 毕德曼　那我们当然互相就是朋友了。①

毕德曼只考虑眼前自家屋宅的安危，并为此拉拢纵火犯，试图通过同其建立友谊来化解眼前的危机，可见其目光之短浅。此后毕德曼为了表示自己的诚意甚至还愚蠢地帮助他们测量了纵火使用的导火线。在最后一场，为向纵火犯们证明自己对他们的信任，毕德曼竟将点燃导火索的火柴递给他们，最终因此葬身于火海中。

2. 失败的人生改造者——《传记》中的库尔曼

《传记》的主人公库尔曼是一个失败的人生改造者。他虽然在事业上颇有建树，但由于生活的不幸，其内心备受绝望和挫败感的折磨。然而在获得改变自己人生的机会后，库尔曼又因优柔寡断和毫无行动力而不断重蹈覆辙。弗里施在剧中通过刻画该人物来表达人生是难以改变的思想。

库尔曼在大学任教，因发现鸟类新物种而被授予教授职位，并荣升为

① 弗里施．弗里施小说戏剧选：下［M］．蔡鸿君，译．合肥：安徽文艺出版社，1993：196.

院长。在旁人眼中库尔曼是一个事业有成的知识分子，但他却认为自己的人生是失败的、不如意的，这主要由他与安托瓦妮不幸的婚姻造成。因此当库尔曼从登记员那里获得重过人生的机会时，他首先希望改变这段婚姻。库尔曼选择回到为评上教授而举行的庆祝会上，因为他与安托瓦妮特正是在那次聚会上邂逅，并发展成为恋人关系的。虽然库尔曼为阻止与安托瓦妮特的恋情而重返过去，但在行动的过程中他的优柔寡断、缺乏行动力表露无遗。他甚至在登记员的提醒下都未能改变自己与安托瓦妮特相遇后的情景，屡次在可以斩断二人关系的决定性瞬间缺乏决断力，以至于库尔曼进行了数次尝试都未能改变其与安托瓦妮特结婚的命运。当主人公第三次重回庆祝会时，登记员对其不断重蹈覆辙表示出不满并指责道："如果您能够将生活重新来过，那么您就应该很清楚该怎么做才会不一样。可为什么您老是做一样的事！"①

即便库尔曼经历了上述的数次失败，他仍不正视自己优柔寡断、毫无行动力的根本性问题，并寄希望于回到自己人生更早的阶段，通过改变这些来阻止未来同安托瓦妮特的相遇。而回到更早的过去的他也回忆起自己的童年和青年时代，同样也充斥着痛苦和追悔莫及的经历：小学时期他用雪球砸瞎了同学霍兹勒的左眼，青年时期母亲辞世，与初恋女友海伦的恋情无疾而终；为忘记海伦而迎娶第一任妻子卡特琳，而卡特琳后因无爱的婚姻自杀身亡。然而重回过去的库尔曼不仅任由砸雪球的悲剧再次上演，而且也再次在母亲病逝时未能陪伴其左右；他既未能鼓起勇气挽留深爱的初恋女友，又为了忘记初恋而再次同不爱的卡特琳结婚生子，以至于她又一次在不幸的婚姻中走上绝路。库尔曼尽管一再回到过去却依旧无法改变自己痛苦的前半生，最后他选择了逃避，不再尝试去改变此前的人生轨迹，并自欺欺人地对登记员说："我已经习惯我的那些过错了。"②

---

① FRISCH M. Gesammelte Werke in zeitlicher Folge: Band VⅡ [M]. Frankfurt am Main: Suhrkamp Verlag, 1976: 501.

② FRISCH M. Gesammelte Werke in zeitlicher Folge: Band VⅡ [M]. Frankfurt am Main: Suhrkamp Verlag, 1976: 516.

此后库尔曼为避免与安托瓦妮特的婚姻又做出了一次荒谬的尝试：他重回评定教授前一年与苏联同事克罗勒夫斯基教授面谈的场景，并向身为共产党员的这位同事提出介绍自己入党的请求。克罗勒夫斯基教授由于激进的政治倾向而被怀疑是苏联间谍，并因此断送了事业。而库尔曼试图与克罗勒夫斯基建立紧密的政治联系来葬送自己的前程，其结果将是自己无法成为教授，而这就意味着不会举办庆祝会，从而避免了他与安托瓦妮特的相遇。虽然库尔曼此番行动的初衷在于改变与安托瓦妮特结婚的命运，但他却不从根本上改变自己对待安托瓦妮特的态度和行为。最终这次尝试还是以失败告终，库尔曼又再次同安托瓦妮特过上了不幸的婚姻生活。

历经多次时光倒流、重来人生的库尔曼也只不过改变了人生中微不足道之处。在剧本结尾处，登记员对库尔曼因优柔寡断和缺乏行动力而反复重演的人生做了最后的总结："因为您能够重新选择，比如说，为什么您不尝试阻止卡特琳自杀？也许这样她就可以有一院子的孩子，打羽毛球的孩子……而不是在同样的公寓，与安托瓦妮特开始同样的故事。只不过这次您没再扇她耳光，您改了这一点。此外您还入了党，但同样也没因此变成另外的样子。还有什么？再就是您在一定程度上控制了饮食。这就是您在整个过程改变了的所有方面！"① 最后，库尔曼在再一次陷入同安托瓦妮特不幸的婚姻之后身患重病，并在医院等待死亡的到来，他又回到了剧本开始时的处境。

二、异化的不同类型

弗里施在其早期寓意剧中已对异化的人作了初步表现，例如《圣·克鲁兹》中的人格分裂者和《当战争结束时》中关系畸形的夫妻，而此类人物形象在作者的中晚期寓意剧中则占据了主导地位：《俄德兰伯爵》刻画了一个具有双重人格的主人公，《唐璜或对几何学的爱》的主人公陷入了

① FRISCH M. Gesammelte Werke in zeitlicher Folge：Band Ⅴ Ⅱ ［M］. Frankfurt am Main：Suhrkamp Verlag，1976：562.

自我迷失，《安道尔》的主人公又呈现出自我认知障碍的特征，而《菲利普·霍兹的愤怒》则再次展现了一对关系异化的夫妻。

1. 双重人格的人——《俄德兰伯爵》中的检察官马丁

(1) 双重人格的界定

在现代西方心理学中，双重人格被界定为一种心理异常的现象，是作为现代心理学重要分支的变态心理学的研究对象。现代变态心理学侧重于从医学角度对心理异常、精神障碍的现象进行病理研究，认为双重人格是一种精神活动异常的病理现象。在美国心理学家劳伦·B·阿洛伊主编的《变态心理学》一书中，双重人格被称作“分离性认同障碍”，它是指“人格分裂为两种不同的身份或人格状态，每一种都整合得很好而且发展得很好，然后它们就轮流控制患者的行为。”① 该书还强调了双重人格的一大特征，即“遗忘是这种形式的一部分。至少其中一种人格对于其他人格的经历来说是遗忘性的。[……] 两个身份轮流控制行为，每一个都不记得另一个的想法和行为。”② 刘新明等编写的《变态心理学导论》一书将双重人格称为“分离性身份障碍”，它是一种“患者突然失去对往事的全部记忆，不能识别自己原来的身份，以另一种身份进行日常活动”③ 的精神疾病；张伯源等编写的《变态心理学》将双重人格归为多重人格中的一种，它是指“病人表现出两种完整系统的不同人格，每个人格系统都有不同的成型的情绪和思维过程，各自代表一个独特的、相当稳定的人格。病人以一种人格可转变为另一种人格，持续时间从几分钟到几年不等 [……] 各种人格之间有显著的差异 [……] 主要的基本的人格所压抑的行为和需要通常会在另一个人格中完全表现出来。”④ 综上所述，双重人格是精神病态的一种表现，指个体具备两种完整独立且又相互区别的人格。并且该病症

① 阿洛伊，雷斯金德．变态心理学 [M]．汤震宇，岳鹤飞，译．上海：上海社会科学院出版社，2005：265-266.

② 阿洛伊，雷斯金德．变态心理学 [M]．汤震宇，岳鹤飞，译．上海：上海社会科学院出版社，2005：266.

③ 刘新明．变态心理学导论 [M]．合肥：合肥工业大学出版社，2011：138.

④ 张伯源．变态心理学 [M]．北京：北京大学出版社，2005：151.

还具有以下两个基本特征：①两种人格交替出现，轮流主导个体；②两种人格没有共同的意识和记忆，彼此之间不会互相渗透、干涉，因此人格的转换会造成个体记忆的空缺。

此外，现代变态心理学还对双重人格产生的原因进行了探究，指出除了先天遗传因素之外，诱发双重人格最主要的是心理因素，例如个体遭受强烈的精神刺激产生的极端愤怒、恐惧、精神紧张等负面情绪；严重的心理创伤；长期承受过大的精神压力等。①

（2）马丁双重人格的表现及其产生的原因

《俄德兰伯爵》将主人公马丁刻画成一个具有双重人格特征的人物。他与《圣·克鲁兹》中的上尉和佩莱格林有着明显的相同之处。与人格分裂的上尉和佩莱格林相似的是，马丁的人格也表现出分裂的特点；与其不同的是，马丁的双重人格是一种更为严重的、精神病态的人格分裂反应。马丁的双重人格表现为同时具备了两个独立且互相区别的人格，一是其作为国家检察官兢兢业业的人格；二是其作为俄德兰伯爵暴力、目无章法的人格。在双重人格的影响下，马丁还表现出失忆和精神异常的特点。

马丁原本是一个恪尽职守、工作忘我的国家检察官。对于他的这一人格作者并未在剧中进行大篇幅刻画，相关描写主要集中在其出现双重人格问题前的第一场。身为国家检察官的马丁几十年如一日殚精竭虑、尽职尽责地工作，以至于工作就是他生活的全部。他的妻子艾尔莎因丈夫夜以继日地工作感到不解和不满，她不仅质问丈夫为何从不度假，而且指责丈夫再一次工作到凌晨两点："你工作过头了［……］你不该总惦记你的卷宗，马丁。你会把身体搞垮的。没人受得了每天都工作到深夜［……］这有什么意义！像个囚犯一样。这样工作会有什么后果？那就是第二天早上你又会精疲力尽的，你已经不年轻了，马丁。"② 然而马丁并未因妻子的责备而放下手头的工作，甚至还尝试同劝自己休息的妻子谈论所审理的案件。面

---

① 刘新明．变态心理学导论［M］．合肥：合肥工业大学出版社，2011：136.

② FRISCH M. Gesammelte Werke in zeitlicher Folge：Band Ⅲ Ⅰ［M］. Frankfurt am Main：Suhrkamp Verlag，1976：8-9.

对谈论工作的丈夫，艾尔莎对他进行了如下评价："你疲劳过度了，马丁，就是这样。你神经紧张。一起诉讼接着一起诉讼！你就是这样一个人，处理所有事情都这么正直、井井有条，都这么认真。"① 艾尔莎的这段话可以说是对马丁原本人格的一个简单总结。

而自第三场起，马丁展现出一个与上述人格截然不同的第二人格。在该人格支配下，马丁臆想出一个关于俄德兰伯爵的故事，并声称自己是该故事中的俄德兰伯爵本人。作为俄德兰伯爵的马丁的人格特征在于运用暴力反抗一切规章制度，并肆意杀人放火。这一特征在其外在形象上就有着直观表现。在该剧第三场，一个居住在森林、名叫英格的女孩反复吟唱一段关于俄德兰伯爵的歌谣，歌词如下：

我们的生活
一成不变
但有一天
他出现在房间里
突然之间
俄德兰伯爵，
他站在那里
一把斧子在他手里，
谁挡住了我们的路，
哼，
你们所有人都瞧着吧，
我看到你们一个个倒下
好似森林里丛生的树木②

① FRISCH M. Gesammelte Werke in zeitlicher Folge: Band Ⅲ Ⅰ [M]. Frankfurt am Main: Suhrkamp Verlag, 1976: 10.

② FRISCH M. Gesammelte Werke in zeitlicher Folge: Band Ⅲ Ⅰ [M]. Frankfurt am Main: Suhrkamp Verlag, 1976: 22-23.

正如歌谣中描写的那样，转变成俄德兰伯爵的马丁随身携带着一把锋利的斧子，借此杀害一切阻拦和质疑他的人，将斧子当做肆意妄为、逾越规章制度的许可证。在第三场，马丁在刚被该人格支配时就用斧头砍死了三名值勤的乡警，只因他们对马丁进行安全检查，要求他出示证件。在第七场，马丁向不知道自己身份的警察透露，他要前往圣托里尼岛寻求自由，并邀请与他交谈的警察一同前往。二人就出境证件问题展开了以下对话：

警　察　　　　要知道我自己就是警察，我了解规章制度。我知道要是一个人没有证件的话将会发生什么，伯爵先生。

检察官（马丁）　我也没有证件。

警　察　　　　您真会开玩笑，伯爵先生。

检察官（马丁）　我是认真的。

警　察　　　　那如果海关关员把我抓起来呢？

检察官（马丁）　您就取出一把斧子。

警　察　　　　就像报纸上新闻写的那样？

检察官（马丁）　这再简单不过了。这再简单不过了。

警　察　　　　确实人们常常会突然产生这样的念头，鬼知道呢，即使报纸上没有写这样的报道。您说得对！幸好人们手头不总有把斧子。

检察官（马丁）我就总有一把。就在我的公文包里。①

虽然马丁最后由于暴露身份而遭到警方追捕而未能如愿出境，但上述对话还是充分体现了他对规章制度的无视和肆意违抗。马丁不仅妄图在没

① FRISCH M. Gesammelte Werke in zeitlicher Folge：Band Ⅲ Ⅰ ［M］. Frankfurt am Main：Suhrkamp Verlag，1976：49-50.

有合法许可的情况下出境，并表示自己将采取暴力反抗阻拦自己的执法者，而且还无所顾忌地同本就身为执法者的警察袒露自己的违法行为和想法。在第七场，马丁的妻子艾尔莎以及他的好友哈恩博士为了确认引起轰动的俄德兰伯爵是否就是马丁本人而主动与其接触。二人假装向其兜售出逃使用的游艇，在商谈的最后，因无钱购买，马丁试图用斧子砍死他们，以此得到游艇。虽然艾尔莎和哈恩博士成功脱逃，但马丁的暴力行为也引起了一场巨大的风波。在第五场，马丁在反抗社会体制与秩序的过程中拥有了一批来自社会底层的追随者。而在面对某些拥护者的质疑时，他毫不犹豫地放火烧毁了他们的屋子。

由于主人公的两种人格互无关联且交替出现，他的记忆也就产生了空缺。马丁在被俄德兰伯爵的人格支配后，对自己原本的检察官身份和处境表现出失忆的状态。在第三场，以新人格出场的马丁对在森林里偶遇的英格说："我不知道我记得些什么［……］要是我知道自己是谁就好了。"①在第七场，马丁甚至将艾尔莎和哈恩博士当成"商讨游艇事宜的女士和先生"②。而在最后一场，从俄德兰伯爵转换为检察官的马丁在记忆上也产生了空缺，他不仅不知道自己曾被另外一个人格支配，而且还对身为俄德兰伯爵时自己的所作所为全然不知。因此当总统前来告知马丁他发动的革命取得了成功、并提出将权力交付于他时，马丁陷入了惊慌。他对眼前发生的一切感到迷茫，认为一切都是梦境。在剧本的结尾处，马丁不知所措地自问："到底发生了什么？这一切简直就是胡闹！我一定是在做梦！我一定是在做梦……醒醒！现在，快！现在，快醒醒，醒醒，醒醒！"③

在双重人格的影响下，主人公还表现出精神异常的特征。转换成俄德兰伯爵的他在森林里结识的名叫英格的女孩实际上是他妄想出来的、不存

① FRISCH M. Gesammelte Werke in zeitlicher Folge：Band Ⅲ Ⅰ［M］. Frankfurt am Main：Suhrkamp Verlag，1976：25-26.

② FRISCH M. Gesammelte Werke in zeitlicher Folge：Band Ⅲ Ⅰ［M］. Frankfurt am Main：Suhrkamp Verlag，1976：33.

③ FRISCH M. Gesammelte Werke in zeitlicher Folge：Band Ⅲ Ⅰ［M］. Frankfurt am Main：Suhrkamp Verlag，1976：88-89.

在的女伴。此外，他还经常将幻觉当作现实。在第三场，身为俄德兰伯爵的马丁从城市逃往森林并与英格及其父母相遇，短暂相处后他便杀掉了英格的父母并带英格一同离开。然而事实上与英格一样，在森林里同样也不存在英格父母这些人，马丁实际上杀害的是警察。

马丁形成双重人格的因素包括外因和内因。外因为马丁受到的外界事物的刺激，也就是银行职员沃尔夫冈无动机杀人事件给他带来的巨大影响；内因为马丁因长期的压抑自身易受刺激的精神状态。马丁能够理解杀人犯沃尔夫冈，甚至在他身上看到了自己。在第一场，马丁在深夜反复翻看沃尔夫冈无动机杀人案件的卷宗，并对前来催促他就寝的妻子说：

> 在法庭的长椅上将坐着一个男人，一个我越来越理解的男人。不久之后我能更好地理解他胜过理解我自己。虽然他做不了任何解释[……]一个三十七岁的男人，在银行做出纳，老老实实，一生都认真负责，勤勤恳恳，面色苍白，在一个美好的夜晚他拿起斧子砍死了一个无辜的看门人。为什么？[……]在银行工作了十四年，日复一日，就是这样一个与我们所有人一样履行了自己义务的男人。看看他！一个毫无恶习的人，所有证人都能证实这一点，一个安静而又温和的租客、大自然爱好者、步行者，他不问政治，单身，采集蘑菇是他唯一的爱好，一个与世无争的人，羞涩且勤劳，简直是一个模范雇员。①

实际上马丁口中沃尔夫冈的形象与几十年来自己作为检察官机械地工作与生活的形象相吻合，因此沃尔夫冈的杀人事件极大地触动了主人公压抑的精神。在第一场，马丁向妻子表明自己十分理解沃尔夫冈后，又继续向她袒露自己内心压抑已久的反叛想法：“有很多时刻我都惊异于所有那

① FRISCH M. Gesammelte Werke in zeitlicher Folge: Band Ⅲ Ⅰ [M]. Frankfurt am Main: Suhrkamp Verlag, 1976: 8-9.

些没有拿起斧子的人。尽管是苟且，但所有人都选择忍受。将工作当成美德。将美德作为快乐的替代品。因为这种美德还不足以满足人们，人们就需要另外的替代品——消遣：下班，周末，银幕上的冒险。"① 由此可见，马丁正是受到本分的银行职员疯狂杀人一事的刺激而觉察到自己的精神压抑，并触发他产生为获得绝对自由而反抗单调重复的工作与生活、渴望打破一切秩序的人格。

2. 自我迷失的人——《唐璜或对几何学的爱》中的唐璜

(1) 自我及自我迷失的界定

根据德语《布洛克豪斯大百科全书》(1984) 的解释，自我 (das Selbst) 是"个体在情感、行为和意图上表现出来的稳定的特征的总和；它是个体对自身身份进行认知的主观经验。"② 在德语《迈耶尔大百科全书》(1970) 中，自我被定义为"人格的核心部分，它指人的自我意识，是主体自我对客体自我的认识。"③ 在现代西方心理学中，自我被界定为个体"生理与心理特征的总和，是指个体独特的、持久的同一性身份。自我可以被看做是个体人格的重要组成部分，或是个体关于自己的观念"④。按照弗洛伊德的观点，自我包含人的知觉、思维以及记忆等多方面内容，是一个认知系统；它不仅是指人全部的内在心理，而且还包括人对外部世界的反应。美国心理学家、人本主义心理学的代表卡尔·罗杰斯 (1903—1987年) 也对自我的概念做了详细的研究。他认为自我是一个知觉组织，它是由与个体自己有关的"自我经验" (self-experience) 所组成的，例如人对自身的肉体、精神、情绪、社会处境或与自身相关的经验性的事物或事件的感知。按照罗杰斯的观点，在无数的自我经验材料中有一些会作为标志

① FRISCH M. Gesammelte Werke in zeitlicher Folge: Band Ⅲ Ⅰ [M]. Frankfurt am Main: Suhrkamp Verlag, 1976: 9.

② BROCKHAUS F. Der Grosse Brockhaus in 26 Bänden: Band 20 [M]. Wiesbaden: F. A. Brockhaus, 1984: 45.

③ MEYER J. Meyers Enzyklopädisches Lexikon in 25 Bänden: Band 21 [M]. Mannheim: Bibliographisches Institut AG, 1970: 540.

④ 张向葵. 发展心理学 [M]. 北京：教育科学出版社，2012：290-291.

和符号形成与个体有关的知觉，这些具有代表性的知觉逐渐从庞大的原始经验材料中分化出来，产生一个具有内部联系和结构的独特部分，这便是所谓的自我。① 综上所述，自我是个体在生理和心理两方面表现出来的较为稳定的特点集合，同时它还包括个体对自身存在的独特性的认知，并且这种认知不仅来自于心理内部的刺激，而且还有赖于作用于自身的外在的客观世界。

自我迷失也是现代西方心理学探究的重点之一。罗杰斯将自我迷失称作“经验与自我的背离”②，它是指个体无法再将与自己相关的经验视为自己的经验，或是无法准确地将这些经验符号化，并使歪曲、与真实自我相背离的知觉进入自我意识之中。③ 同为人本心理学代表的美国心理学家罗洛·梅（1909—1994 年）认为自我迷失是人“远离自身的存在，从而导致非人化的生存境况”④。它可表现为人放弃了自我世界，失去了个性或把握自我的能力，丧失理性、道德、价值观等。罗洛·梅还指出，自我迷失是现代人普遍的遭遇。根据他对 20 世纪中后期西方社会中的人的考察，人们因为日益激烈的社会竞争以及不断加速的生活节奏而承受着越来越大的压力，因此个体内心的空虚、焦虑、孤独感剧增。同时他还指出，此时现代人逃避自我、远离自身存在的现象相较于半个世纪前更为突出。

（2）唐璜的自我和自我迷失

弗里施在《唐璜或对几何学的爱》中塑造了一个迷失了自我的人物形象——主人公唐璜。他在迷失了原本理性的自我后变成一个荒淫无度的花花公子，虽然迷失自我的唐璜也尝试了寻找自我，但他的尝试还是以失败告终。

---

① 江光荣．人性的迷失和复归：罗杰斯的人本心理学［M］．武汉：湖北教育出版社，2001：84.

② 江光荣．人性的迷失和复归：罗杰斯的人本心理学［M］．武汉：湖北教育出版社，2001：93.

③ 江光荣．人性的迷失和复归：罗杰斯的人本心理学［M］．武汉：湖北教育出版社，2001：93.

④ 梅．心理学与人类困境［M］．方红，译．北京：中国人民大学出版社，2010：15.

①唐璜的自我。《唐璜或对几何学的爱》中的主人公唐璜原本拥有一个极其理性的自我。

唐璜的理性自我首先表现在他热爱理性知识与逻辑思考上，这一点在剧中主要通过他对几何学狂热的爱得以体现。在第一幕，贡扎洛在同唐璜的父亲聊天时透露，唐璜在远征期间仍孜孜不倦地攻读几何学书籍，甚至连他们的敌人撰写的几何学丛书也让其爱不释手。当他的这一行为被同伴视为背叛与不忠时，唐璜做出了反驳，他表示自己并不憎恨与他们作战的敌人，相反他还钦佩与尊重他们拥有的知识，认为人们可以从他们那里学到许多东西。此后，对儿子有着充分了解的唐璜的父亲特诺里奥也向贡扎洛坦言，他的儿子把几何学研究看作生命中最重要的事情，几何学几乎是他生活的唯一。因此特诺里奥在儿子婚礼前夕倍感忧虑，认为唐璜可能会为使自己全身心投入几何学研究而逃避结婚。而事实证明特诺里奥的担忧并非杞人忧天，因为正如他所料唐璜选择了逃婚。在第三幕，唐璜本人在逃婚之际也向好友罗德里戈倾诉了自己的内心想法，阐明他此举的动机是为了不受干扰地学习几何学，并向罗德里戈解释几何学以及理智的魅力。他说：

> 你肯定从未有过这种体验，对一种知识的冷静的惊讶。比如说，什么是一个圆，它是一个纯粹的轨迹。我向往纯粹的东西，朋友，向往客观的东西，向往精确的东西。我恐惧变化无常的情绪。在一个圆或者一个三角形的面前，我还从未感到过惭愧，从未产生过厌恶……几何学所讲的就是这些，而不是别的。就是这样，而不是其他方式。任何欺诈和任何情感都是无济于事的，只有唯一的一种图形，可以与它的名称相符。这不是很美吗？［……］ 啊，罗德里戈，我充满了爱，充满了崇敬。①

---

① 弗里施．弗里施小说戏剧选：下［M］．蔡鸿君，译．合肥：安徽文艺出版社，1993：117-118.

其次，唐璜崇尚理性的自我还体现在其在个人生活中排斥一切与理性相对立的事物，甚至完全摒弃感性的情感生活。其中唐璜尤其回避同女人的爱情，因为他认为人与人之间的爱情总是与欺诈或是喜怒无常的心境相关联，而这是同几何学中的理智与逻辑相对立的。在第一幕的开场，特诺里奥向迪埃戈神甫抱怨儿子一直以来都拒绝接触女人。他说尽管唐璜早已达到适婚年龄，但却从未有过与异性交往的经验。特诺里奥还坦言自己甚至设法带儿子去最有名的妓院消遣，试图以此唤醒他对女人的渴望。然而令他意外的是，光临妓院的唐璜对身边所有的女人视若不见，只是在妓院里下了一夜的象棋。唐璜本人也在剧中对自己的上述行为做出过解释。在第二幕，唐璜在同贡扎洛决斗前对迪埃戈神甫说："每个男人，当他重新清醒的时候，都有一些比女人更崇高的东西。您称之为上帝，我称之为几何学……别人引诱不了我！"① 此外，弗里施也在该剧的后记中对剧中唐璜真正的自我做过明确说明，并称其为"一个知识分子"②。

②唐璜的自我迷失及其寻找自我的失败。唐璜因婚礼上的一个巧合对理性产生了怀疑，也因此迷失了原本崇尚理性的自我，并堕落成四处诱骗妇女的花花公子，不再研究几何学。长此以往唐璜厌倦了堕落的生活，试图找回原本的自我，重拾几何学研究。但他最终未能成功，而且还被困于与女人的婚姻中。

探讨唐璜迷失追求理性的自我的原因要追溯到他在婚礼上的一次意外经历。在第二幕唐璜的婚礼上，他发现许配给自己的、原本打算抛弃的结婚对象和与其相约私奔的情人是同一个人，即贡扎洛的女儿安娜。一贯采用理性方式来思考问题的唐璜因此陷入了思维困境，他在婚礼上对众人解释道："我不能发誓。我怎么才能知道我在爱着谁呢？在我知道一切都有可能之后［……］同样对她而言，等待我的新娘，她等待着是我而不是其

---

① 弗里施．弗里施小说戏剧选：下［M］．蔡鸿君，译．合肥：安徽文艺出版社，1993：107.

② FRISCH M. Gesammelte Werke in zeitlicher Folge：Band Ⅲ Ⅰ［M］. Frankfurt am Main：Suhrkamp Verlag，1976：168.

他男人，现如今因最先到的男人而感到幸福，而这个人只不过碰巧是我。”① 在唐璜看来，他与安娜的爱情并非像几何学那样有着绝对和唯一的答案，而是产生于机缘巧合，不可确定的爱情使他无法在婚礼上宣誓。对于用逻辑思维来思考感情问题的唐璜而言，婚礼上的这次意外发现无疑是一个悖论现象。因为按照唐璜的计划，他原本打算抛弃自己未曾谋面的新娘，同他偶遇相恋的情人远走高飞，但实际上新娘和情人却是同一个女人。换言之，唐璜要同时抛弃和接受同一个人，这是不符合逻辑的。遭遇思维困境的唐璜也因此对理性产生了怀疑，并对安娜如此说：“我曾经爱过你，安娜，即使我不知道我爱的是谁，是新娘还是其他女人。我失去了你们俩，集于一身的两个人。我失去了我自己。”② 唐璜这里所说的“我失去了我自己”指的也正是他迷失了原本只追求理性、拒绝感性与女人的真正自我。他希望通过同女人的交往探究自己无法解决的有关爱情的问题。

自我迷失后的唐璜展现出与之前的知识分子大相径庭的形象：他不再研究几何学，变得骄奢淫逸，终日与女人们厮混，并因此臭名远扬。唐璜不仅身居豪宅，身着华丽的服饰，使用高档的银质餐具，而且还雇佣了仆人和私人乐师以便每天同情妇们寻欢作乐。奢靡度日的他将从身为贵族银行家的父亲那里继承来的家业挥霍殆尽，债台高筑。他还与十三个情妇维持了十多年的不正当关系。唐璜的滥情也只是停留在肤浅的享乐上，他甚至记不住交往了十多年的情妇的名字，或是经常将其中一个混淆成另外一个。唐璜的风流韵事在西班牙尽人皆知。在第四幕，自己的妻子曾被唐璜勾引的洛佩茨假扮成主教上门向唐璜复仇，唐璜在不知其真实身份的情况下对他描述了风流成性的自己在外界的形象和处境：“如果我听到别人谈起我，就会感到毛骨悚然。似乎我总是与女人有关……在我见到这些女士

① FRISCH M. Gesammelte Werke in zeitlicher Folge: Band Ⅲ Ⅰ [M]. Frankfurt am Main: Suhrkamp Verlag, 1976: 122.

② 弗里施．弗里施小说戏剧选：下［M］．蔡鸿君，译．合肥：安徽文艺出版社，1993：109.

之前，她们的丈夫拔出了刀剑，无论我走到哪儿，都不得不先撕打一番。熟能生巧。在我把剑重新插入鞘里之前，寡妇们就已经搂住了我的脖子，啜泣着，为了让我去安慰她们。”①

在荒废几何学研究并滥情于众多女人多年之后，唐璜日益清楚地意识到这种堕落状态与其真实自我相违背。他在一次拜访中对主教坦白迷失自我后内心的绝望与空虚：“我不仅仅是对女人感到厌倦了，我指的是精神上的，我对作恶行为也感到厌倦了。我无法重复的人生中的十二年是这样度过的［……］我已经绝望了［……］我对一切都做好了准备，主教大人，但是，偏偏没有料到无聊。”②

因无法忍受自我迷失后精神上的空虚，唐璜决定摆脱女人、重新投身于几何学研究，以此找回原来的自我。为此他策划了自己的假死：唐璜邀请所有情妇参加晚宴，并在宴会上要假扮贡萨洛的冤魂来索取自己的性命，最后被其拖入地狱。唐璜自导自演这出下地狱的假戏是为了让情妇们相信他已不在人世，从而彻底地逃避她们的纠缠。他知道简单的逃跑是不可行的，因为情妇们会对他始乱终弃的行为进行无休止的报复。在第四幕，唐璜同主教谈到自己的假死计划时说：“我干脆把这些寡妇撇在一边，鞋跟一转，走我自己的路，其他的一切也就简单了，主教大人，我们知道女人的那种持续一生的复仇欲，只要这个女人曾经有一次徒劳地期待过男人的诱惑。”③ 此外，唐璜还试图通过假死彻底摆脱多年以来为维持奢侈生活欠下的债务。

表面上演死亡假戏的唐璜实际上在混乱中借暗道来到了为他提供庇护且爱慕他多年的公爵夫人米兰达的城堡。米兰达不仅将他藏匿于自己的城堡中，为他提供专心研究几何学的条件，而且还为他偿还了债务。然而实

① 弗里施．弗里施小说戏剧选：下［M］．蔡鸿君，译．合肥：安徽文艺出版社，1993：134-135.

② 弗里施．弗里施小说戏剧选：下［M］．蔡鸿君，译．合肥：安徽文艺出版社，1993：134.

③ 弗里施．弗里施小说戏剧选：下［M］．蔡鸿君，译．合肥：安徽文艺出版社，1993：135.

施了逃跑计划的唐璜还是未能做回真正的自我，甚至还陷入到婚姻的牢笼之中。原本坚决反对结婚的他在接受了米兰达的接济后答应与其结婚，婚后唐璜不仅在经济上依赖妻子，而且还彻底地失去了自由，成为一个“怕老婆”① 的人。他无法自由支配自己的生活和时间，其研究也经常被米兰达提出的各种要求打断。不久之后，唐璜对他与米兰达的婚姻深感绝望，对他而言，与米兰达共同生活是一种难以忍受的折磨。在第五幕，他对登门拜访的主教抱怨自己与妻子的婚姻是“真正的地狱”②，而他与妻子生活的城堡则是他的“监狱”③。此外，唐璜还对主教谈到自己在婚姻中备受煎熬的状态：“每天，年复一年，每日三次，每次我都强烈地感到，我忍受不下去了。”④ 更使唐璜绝望的是，他再也无法逃离这座禁锢他的名为婚姻的监狱，因为众人皆知他已被鬼魂拉入地狱，这使他无法再回到外面的世界。唐璜在第五幕同主教的谈话中坦言：“我该怎么办？我是她（米兰达）的囚犯，请您不要忘记，我是不能走出这个城堡的。假如外面的人看见了我，我的传奇就完了。”⑤ 由此可见，唐璜寻找自我的尝试以失败告终：他最终仍然未能逃离女人，并且也未能专心于几何学研究。

3. 呈现出自我认知障碍特征的人——《安道尔》中的安德里

(1) 自我认知及自我认知障碍的界定

在德语《袖珍迈耶尔大百科全书》（1987）中，自我认知（die Selbsterkenntnis）的定义是“认识和理解自己的主观性以及自身的个性、从属和

① 弗里施．弗里施小说戏剧选：下［M］．蔡鸿君，译．合肥：安徽文艺出版社，1993：152.

② 弗里施．弗里施小说戏剧选：下［M］．蔡鸿君，译．合肥：安徽文艺出版社，1993：152.

③ 弗里施．弗里施小说戏剧选：下［M］．蔡鸿君，译．合肥：安徽文艺出版社，1993：150.

④ 弗里施．弗里施小说戏剧选：下［M］．蔡鸿君，译．合肥：安徽文艺出版社，1993：150.

⑤ 弗里施．弗里施小说戏剧选：下［M］．蔡鸿君，译．合肥：安徽文艺出版社，1993：149.

能力等"①。按照《中国大百科全书（心理学卷）》（1991）的阐释，自我认知是指个体对自己的认知，它不仅包括个人对"自己的生理状况，如身高、体重、形态；心理活动（如情绪）；心理特征，如兴趣爱好、能力、性格、气质"②的洞察和认识，而且还包括对"自己与他人关系，如自己与他人的交往关系、自己在群体中的地位和作用的认知"③。综上所述，自我认知是个体对自身的生理、心理（包括性格、能力等）以及在社会群体中与他人关系等方面的认识和理解。对自我的认知是人的一项极为重要的认知能力，它使身处不断发展的过程中的人对自身存在的状态、心理进行调整，由此"能够使个体更恰当地评估自己的实际处境和解决问题"④。

而自我认知出现障碍的个体将无法正确、全面地认识自我或自己与他人之间的关系，丧失根据外部环境进行自我调节的能力。自我认知障碍既可以表现为对自身优势的过分低估，产生自卑的心理，也可以是对自我进行过高估计，从而产生自负心理。根据认知心理学中有关自我认知障碍的阐释，产生这一现象的主要原因在于社会（他人）对个体的影响，其中对个体的认知造成最显著影响的是外界对个体的偏见。史忠植编著的《认知科学》一书明确指出，个体在认知过程中，偏见不仅会"影响认知的准确性，使认知发生偏差"⑤，而且由偏见引起的认知偏差也是个体难以克服的。该书还进一步将偏见的种类进行了划分，其中刻板印象是一种"具有非常高的稳定性"⑥的偏见类型。刻板印象是指"人们对某个群体形成的

① MEYER J. Meyers Grosses Taschenlexikon in 24 Bänden: Band 20 [M]. Mannheim: Bibliographisches Institut AG, 1987: 95.

② 中国大百科全书总编辑委员会. 中国大百科全书：心理学卷 [M]. 北京：中国大百科全书出版社，1991：319.

③ 中国大百科全书总编辑委员会. 中国大百科全书：心理学卷 [M]. 北京：中国大百科全书出版社，1991：319.

④ BROCKHAUS F. Der Grosse Brockhaus in 26 Bänden: Band 20 [M]. Wiesbaden: F. A. Brockhaus, 1984: 47.

⑤ 史忠植. 认知科学 [M]. 合肥：中国科学技术大学出版社，2008：480.

⑥ 史忠植. 认知科学 [M]. 合肥：中国科学技术大学出版社，2008：481.

一种概括而固定的看法。"① 该书还指出，由于持有刻板印象的人在评判他人时，"即使碰到相反的事实出现，人们也倾向于坚持它，而去否定或修改事实"②，这种偏见类型对个体在自我认知方面造成的消极影响是极为明显的。

（2）安德里的自我和自我认知障碍

《安道尔》中的主人公安德里深受自我认知障碍的痛苦。由于犹太人的身份，安德里饱受安道尔人的歧视和偏见，这导致他丧失了认知自我的能力。而且陷入自我认知混乱的他还按照他人的偏见扭曲了原本的自我，并最终因此酿成死亡悲剧。

①安德里真正的自我。从心理特征（性格和能力）方面来看，安德里原本是一个慷慨大方、心灵手巧、忠实于爱情的人，并且在生活方面易于满足。

在剧本第一场，安德里在一家小酒馆里当伙计。尽管赚着微薄的薪水，他却总能毫不吝啬地将客人给他的小费投入音乐箱播放歌曲，只为给工作增添一点乐趣。而且安德里在做木工方面天资颇高。他在做木匠学徒期间制作的第一把椅子做工精良，还采用了"密缝合榫"③ 的制作方式，这是一种接口部分通过凸对凹的镶嵌衔接使椅子的各木质构件相互连接的方法。这一制作方法甚至让在木匠手下工作了五年之久的伙计大为惊讶，只会胶合椅腿的伙计不仅掌握不了他的制作方法，而且还惊讶于他造出的椅子的结实，并感叹道："只有他（安德里）才能做得这样。"④ 此外，安德里还在感情上表现出忠贞、重情义的一面，这一点见之于他对巴布琳的爱情。安德里和巴布琳在孩童时期就萌生了对彼此的爱恋，二人甚至还曾

① 史忠植．认知科学［M］．合肥：中国科学技术大学出版社，2008：481.

② 史忠植．认知科学［M］．合肥：中国科学技术大学出版社，2008：481.

③ 弗里施．弗里施小说戏剧选：下［M］．蔡鸿君，译．合肥：安徽文艺出版社，1993：272.

④ 弗里施．弗里施小说戏剧选：下［M］．蔡鸿君，译．合肥：安徽文艺出版社，1993：271.

因以为长大后无法与彼此结婚而计划服毒殉情。安德里对巴布琳真挚的爱情并没有随着时间的推移而淡漠，一直以来他对巴布琳的感情都是坚定不移的，而且他一到法定结婚年龄便马上向教师康提出迎娶巴布琳的请求。在康拒绝了这门婚事后，安德里非但没有放弃对巴布琳的追求，反而开始为了能够离开父母与其组建家庭而努力存钱。安德里在生活上易于满足的特点具体表现为他既没有名利心，对物质生活也没有任何要求，而只有简单的人生追求或心愿，即他只有成为木匠学徒和迎娶巴布琳这两个易于满足的愿望。在第一场，得知木匠收自己为徒后的安德里迫不及待地将这一喜讯告诉了巴布琳，称“这就是幸福”①，并且他“这辈子不会忘记眼下站在这里的情景”②。在第四场，他虽因木匠师傅的偏见而被开除，但他并未一蹶不振，而是向教师康表明自己想要娶巴布琳为妻以及自己一直以来对巴布琳的深厚感情。

②安德里遭受的偏见及其自我认知障碍的表现。虽然安德里真正的身份是教师康与来自黑衫国的一个女人的私生子，但作为生父的康却故意隐瞒安德里的这一身份，并谎称他是自己从黑衫国救出的犹太孤儿。除了教师康之外包括安德里本人在内的其他所有人都对安德里的真正身份毫不知情。安德里这一所谓的犹太身份招致了安道尔人的诸多偏见，因为他们对犹太人持有刻板印象，在他们看来“犹太人”不只是一个种族群体，更是“贪财”“笨拙”“野心勃勃”“毫无感情”以及“胆小”等一系列性格的化身。安道尔人仅因安德里是犹太人便在毫无依据的情况下将他与贪财联系在一起，他们还一致认为安德里“成天想钱”③，而且“只会与钱打交

① 弗里施．弗里施小说戏剧选：下［M］．蔡鸿君，译．合肥：安徽文艺出版社，1993：263.

② 弗里施．弗里施小说戏剧选：下［M］．蔡鸿君，译．合肥：安徽文艺出版社，1993：263.

③ 弗里施．弗里施小说戏剧选：下［M］．蔡鸿君，译．合肥：安徽文艺出版社，1993：289.

道"①。在第一场，安道尔的一个士兵毫无缘由地挑衅安德里，他不仅将安德里手中客人给的小费打落在地，而且还嘲讽道："这种犹太人时刻惦记着钱。"② 此外，木匠还拒绝收安德里为徒，他声称犹太人没有成为木匠的天赋，并要求安德里去"做掮客"③ 或是去"交易所当学徒"④。木匠在讹诈了一笔巨额学费后接纳了安德里，但他之后不仅对安德里的木工天赋熟视无睹，还讽刺其为"不是进作坊的料"⑤。随后木匠又将安德里从作坊开除，打发他去售卖椅子。而为安德里做身体检查的医生又在安德里面前声称"犹太人坏就坏在贪图功名，他们本性难移"。⑥ 此外所有安道尔人都抨击忠实于爱情的安德里是无情的好色之徒。在第二场，安德里向巴布琳转述了安道尔人对他的这一成见，他说："他们说我这号人（犹太人）好色，没有感情。"⑦ 而且安道尔的士兵还因为安德里是犹太人就诽谤他为"胆小鬼"⑧。安德里因饱受偏见的折磨向神甫寻求安慰，然而神甫也同样对他心存偏见，并强调犹太人生来便与其他安道尔人不同。

虽然安德里的真实自我与安道尔人对他的偏见截然不同，但他仍深受这些偏见的影响，导致他丧失了认知自身心理特征的能力。安德里的自我

① 弗里施．弗里施小说戏剧选：下［M］．蔡鸿君，译．合肥：安徽文艺出版社，1993：289.

② 弗里施．弗里施小说戏剧选：下［M］．蔡鸿君，译．合肥：安徽文艺出版社，1993：265.

③ 弗里施．弗里施小说戏剧选：下［M］．蔡鸿君，译．合肥：安徽文艺出版社，1993：260.

④ 弗里施．弗里施小说戏剧选：下［M］．蔡鸿君，译．合肥：安徽文艺出版社，1993：260.

⑤ 弗里施．弗里施小说戏剧选：下［M］．蔡鸿君，译．合肥：安徽文艺出版社，1993：274.

⑥ 弗里施．弗里施小说戏剧选：下［M］．蔡鸿君，译．合肥：安徽文艺出版社，1993：278.

⑦ 弗里施．弗里施小说戏剧选：下［M］．蔡鸿君，译．合肥：安徽文艺出版社，1993：268.

⑧ 弗里施．弗里施小说戏剧选：下［M］．蔡鸿君，译．合肥：安徽文艺出版社，1993：266.

认知障碍起初表现为他对自己真正性格的怀疑，开始赞同旁人对自己的偏见以及过分地对自我进行否定。在第二场，安德里因白天在外遭受安道尔人的语言暴力向巴布琳倾诉内心想法，他说："我在想他们（安道尔人）说的是不是真的。大概他们说得对。大概他们说得对……他们说我这号人没有感情。他们都是这么说的。他们说我这种人好色，没有感情……他们大概说得对。我也许是个胆小鬼。"① 在自我认知障碍初见端倪后不久，安德里又遭受了一系列偏见的打击，如因犹太人身份而遭受木匠的羞辱及不公正对待，为他体检的医生称其利欲熏心。持续不断的偏见使已对自我认知产生动摇的安德里陷入更大的认知混乱之中，以至于他开始有意识地将自己塑造成安道尔人口中的"犹太人"。在他与巴布琳的婚事遭到教师康的反对以及在他误以为巴布琳对自己不忠后，安德里心生绝望，他彻底放弃、否定真实的自我，真正地转变成一个符合安道尔人偏见的"犹太人"。在第六场，安德里放弃了成为木匠的梦想，转而将精力放到此前从不关心的赚钱上来，以使自己变得"贪财"。教师康试图向他表明其身世真相时，安德里不仅认同安道尔人持有的他是爱财之人的看法，而且还将自己的梦想改为赚大钱，甚至为此特意模仿小商贩推销商品时的搓手动作：

安德里　7点钟我要赶到铺子里去卖椅子，卖桌子，卖橱柜，搓搓手。

教　师　为什么要搓搓手呢？

安德里　难道还能找到一张更好的椅子吗？稳不稳？有没有咯吱咯吱的声音？难道还能找到一张更便宜的椅子吗？（教师怔怔地瞧着他）我得成为富翁。

教　师　为什么你得成为富翁？

---

① 弗里施．弗里施小说戏剧选：下［M］．蔡鸿君，译．合肥：安徽文艺出版社，1993：268-269.

安德里 我是犹太人啊。①

在第九场，安德里与来到安道尔的生母相见，但不知其身份的他在初次见面时就刻意表现出对金钱的贪欲。安德里不仅欣然接受了这位对他而言身份不明的女人的一枚值钱的戒指，并且还仔细地对这个贵重礼物的价值进行评估。此外，他还显示出安道尔人偏见中犹太人的“好色”品性。在同生母会面之后，安德里便以十分轻浮的口气猜测她与康的关系，并这样对神甫说：“（点上一支烟）她做过他的情人吗？有这种感觉。您说呢？（吸烟）她是个迷人的女人。”②

深陷自我认知障碍的安德里不仅在行为和心理上向安道尔人偏见中的形象转变，同时在意识里他已经深信自己就是一个犹太人。尽管教师康最后向其坦白实情，说他并非犹太人之子，而是自己与黑衫国女人的私生子，但安德里却丝毫不为所动，仍然自称犹太人。知道真相的神甫随后对安德里的劝说也无济于事，他不仅坚称自己“生来就是犹太人”③，而且还对神甫表达了他对自我的看法。安德里如此说道：

我与众不同……事实就是这样，神甫，我与众不同。他们说我这号人的动作如何如何。我几乎每天晚上都要走到镜子前面照照。他们说得对，我的动作确实象他们说的那样。我只能这样。我也留意过，我是不是像安道尔人对我观察和猜想的那样老是想钱。他们也说得对。现在我就想着钱。我老是在想钱。事情就是这样。我没有感情，试了几次也全白搭：我确实没有感情，只有害怕……我并不愿意他们

① 弗里施．弗里施小说戏剧选：下［M］．蔡鸿君，译．合肥：安徽文艺出版社，1993：287-288.

② 弗里施．弗里施小说戏剧选：下［M］．蔡鸿君，译．合肥：安徽文艺出版社，1993：305-306.

③ 弗里施．弗里施小说戏剧选：下［M］．蔡鸿君，译．合肥：安徽文艺出版社，1993：306.

说的都是真的，可是事情就是这样……我的感情和他们的感情不一样……现在请求您承认我是犹太人吧。①

在该剧结尾处，安德里因自我认知障碍死于黑衫军展开的对犹太人的大屠杀中。他拒绝接受自己的真实身份，执意认为自己是犹太人，最后甚至对自己作为犹太人面临的悲惨遭遇坦然自若。在第十场，黑衫军进攻安道尔，并准备对犹太人进行血腥清扫，面对这一形势安德里对不断说服自己不是犹太人的教师康说："我并不是第一个完蛋的人……我知道，谁是我的祖先。他们成千上万地死在柱子上，他们的命运也就是我的命运。"②

4. 关系异化的夫妻——《菲利普·霍兹的愤怒》中的霍兹夫妇

与弗里施早期寓意剧《当战争结束时》中的霍斯特夫妇相似，《菲利普·霍兹的愤怒》中的霍兹夫妇也是一对关系异化的夫妻，而且女主人公也陷入了婚外恋。二者的不同之处在于：《当战争结束时》的女主人公深知自己不该出轨，但却无法克制自己对情人的感情，而其丈夫更是为了自身安危纵容甚至怂恿妻子的不忠行为；在《菲利普·霍兹的愤怒》中，丈夫菲利普表现得言行不一，无法对妻子坦诚相待；而妻子多莉不仅与丈夫的好友维持着婚外恋情，而且还一直以来对丈夫充满怨言与不满；此外二人也缺乏理解和沟通，在婚姻中互相折磨。

从表面来看，菲利普主张开放式的婚姻，身为作家的他声称只追求婚姻关系中夫妻二人精神上的契合，并认为"婚姻是精神的结合"③，"婚姻不是在床上缔结"④。按照菲利普的说法，婚姻关系应该是一种完全自由

① 弗里施．弗里施小说戏剧选：下［M］．蔡鸿君，译．合肥：安徽文艺出版社，1993：307-308.

② 弗里施．弗里施小说戏剧选：下［M］．蔡鸿君，译．合肥：安徽文艺出版社，1993：313.

③ FRISCH M. Gesammelte Werke in zeitlicher Folge：Band Ⅳ Ⅱ ［M］. Frankfurt am Main：Suhrkamp Verlag，1976：435.

④ FRISCH M. Gesammelte Werke in zeitlicher Folge：Band Ⅳ Ⅱ ［M］. Frankfurt am Main：Suhrkamp Verlag，1976：435.

开放的人际关系，不应要求对方肉体上的绝对忠贞。但实际上菲利普并不像他说的那样能坦然面对妻子的不忠，他发现了妻子的出轨行为后妒火中烧，苦不堪言。尽管如此，菲利普也不愿向妻子坦白自己的真实想法，为了掩饰嫉妒和内心的痛苦，他甚至还编造出自己与好友之妻克拉丽莎有染的谎言。他一方面因难以接受妻子偷情的事实而决定与其离婚，但另一方面他不希望妻子察觉到离婚的真实原因，不愿暴露自己的言行不一。因此菲利普在得知妻子不忠之后隐忍一年才提出离婚，并且在离婚申请的理由栏中特意隐瞒妻子的婚外情，仅填写了“离婚理由是性格不合”①。

多莉在同丈夫的七年婚姻生活中也未扮演一个合格妻子的角色。她与菲利普的好友威尔弗里德私通，在肉体和精神上背叛丈夫。菲利普还曾在威尔弗里德登门拜访时对他讲述了妻子的抱怨以及她将自己同威尔弗里德进行的比较：“多莉，我的夫人，你也认识的，她说：第一我不是一个男人，我光说不做，比如说你就完全不一样［……］第二我没有幽默感。比如说你就完全不一样。多莉说，在我出生的那一刻我就丧失了幽默感。”②多莉除了当面数落丈夫，还向情人威尔弗里德诉说自己对丈夫的不满。她在威尔弗里德的一次拜访中对其诉苦道：“他（菲利普）野蛮！他是一个自我主义者！他永远只考虑自己！他精神分裂！”③ 多莉之所以对待丈夫如此刻薄并在婚外情中寻找慰藉，主要是因为她看穿且无法忍受丈夫在婚姻中的虚情假意，这可以从以下她对丈夫的嘲讽中看出。多莉在同威尔弗里德的一次幽会中对他说：“婚姻是精神的结合！［……］婚姻里的自由！他说我可以做我想做的事。他说他不怀任何嫉妒。简直是胡说八道！他说他不责怪我。那这婚姻还剩什么!? ［……］简直是胡说八道！他当然嫉妒！

---

① FRISCH M. Gesammelte Werke in zeitlicher Folge: Band Ⅳ Ⅱ [M]. Frankfurt am Main: Suhrkamp Verlag, 1976: 422.

② FRISCH M. Gesammelte Werke in zeitlicher Folge: Band Ⅳ Ⅱ [M]. Frankfurt am Main: Suhrkamp Verlag, 1976: 431.

③ FRISCH M. Gesammelte Werke in zeitlicher Folge: Band Ⅳ Ⅱ [M]. Frankfurt am Main: Suhrkamp Verlag, 1976: 435.

他只是克制自己。仅此而已。为的是让我也没有嫉妒的权利。”①

多莉还声称丈夫未曾理解过她，而菲利普也从未尝试开诚布公地同妻子交流。即使是在处理离婚事宜上二人也因缺少交流导致在离婚法庭上产生分歧，而事后，未能达成离婚协议的二人依然各持己见，互不沟通。多莉还通过拒绝离婚来折磨丈夫。原本希望同丈夫和平离婚的多莉在获悉他言不由衷的离婚理由后驳回离婚诉讼，尽管在婚姻关系即将解除之时她也无法容忍丈夫掩盖内心真实的想法。为报复丈夫，多莉甚至发出永不与他离婚的宣言。她在驳回离婚诉讼后将自己的这一内心想法向威尔弗里德倾诉：

> 为何他（菲利普）总想在我面前表现自己？他说他来承担所有婚外情的责任。为的是维护我！而我就只需要扮演圣母玛利亚。为什么？这只是因为他不想在法庭上亲口承认让他面红耳赤的事实，这只是因为他不想让自己的律师发觉他有多么嫉妒，我的菲利普，多么嫉妒！不！他宁可承担一切罪责，宁可作为有外遇的一方向我支付补偿费用，一直付到我六十岁、付到他破产，仅仅是为了向我表现自己……（多莉用脚跺地板）我不会让他得逞的！（多莉突然大声道）即使是到了我生命的终结，我也不会离婚，直到他承认他的这个想法，菲利普，直到他承认，不然我将一直做他的妻子！②

离婚风波后的多莉不仅不惜作茧自缚继续维持徒有虚名的婚姻，以此报复不坦诚的丈夫，还在语言上对丈夫进行猛烈攻击，指责他虚伪，嘲讽他在婚姻中表现出来的懦弱与不敢作为。多莉的责骂同样也直接导致菲利

① FRISCH M. Gesammelte Werke in zeitlicher Folge：Band Ⅳ Ⅱ ［M］. Frankfurt am Main：Suhrkamp Verlag，1976：435-436.

② FRISCH M. Gesammelte Werke in zeitlicher Folge：Band Ⅳ Ⅱ ［M］. Frankfurt am Main：Suhrkamp Verlag，1976：438.

普之后采取的一系列报复行为：他不仅试图用暴力来回应妻子对其懦弱的指责，将妻子锁到衣柜里，并雇用两个男佣大肆拆毁房子和家具；而且菲利普还告诉妻子自己将要离家参军，并且为了证明自己言出必行，他还破釜沉舟地解除了住房合约。虽然菲利普的这些行为看似是对妻子拒绝离婚及其责骂的反抗，但实际上他却是为了折磨妻子而装腔作势。因此并非真的处于愤怒状态的菲利普在软禁妻子、暴力破坏房屋的过程中不断提醒自己要保持愤怒的状态，在短短的一个场景中他对自己说了四遍“不要失去愤怒!”① 由于菲利普的主要目的并非泄愤而是吓唬妻子，他在砸毁家具时还特意叮嘱男佣不要损坏多莉的物品，为了保险起见他还将一份写有妻子所有物的清单交给男佣。

第三节 原因分析：弗里施为何在中晚期寓意剧中表现上述内容、主题和人物

弗里施中晚期撰写的六部寓意剧所表现的以上两节论述的涉及战争、反犹太主义、人或人与人之间关系的异化、世界和人生的无法改变以及世界的荒谬的内容和主题，并描写小市民、失败的自我改造者、双重人格的人、自我迷失的人、呈现出自我认知障碍特征的人以及关系异化的夫妻等人物形象，与作者对第二次世界大战和反犹太主义的反思、存在主义哲学思潮的影响、现代西方社会中人的异化现象以及作者的个人经历有着密切联系。本章节将对这几方面原因进行深入分析。

一、对第二次世界大战和反犹太主义的影射和反思

弗里施之所以在20世纪50年代末和60年代初所写的《毕德曼和纵火

① FRISCH M. Gesammelte Werke in zeitlicher Folge: Band Ⅳ Ⅱ [M]. Frankfurt am Main: Suhrkamp Verlag, 1976: 425.

犯》和《安道尔》中，描写涉及第二次世界大战和反犹太主义的内容、主题和人物，可以说与作者在第二次世界大战结束若干年后对上述问题的反思有关。从史实来看，纳粹德国在第二次世界大战中不仅不断对其他国家进行侵略，占领30多个国家，而且自1933年起对犹太人犯下罄竹难书的罪行。1933年德国纳粹独裁统治开始之后，兴起了大规模的排犹、反犹行动。他们起初没收犹太人的财产，剥夺犹太人的工作机会和基本权利，随后又开始奴役本国及占领国的犹太人，将其关押进集中营，并展开惨绝人寰的大屠杀。据不完全统计，1933年至1945年间纳粹德国屠杀了逾600万犹太人。此外，希特勒上台后和第二次世界大战期间，不少德国小市民还化身为纳粹的追随者，扮演着助纣为虐的角色。他们只看到战争工业给社会经济带来的虚假繁荣，而无视纳粹对别国发动的侵略战争以及对犹太人的残酷迫害，盲目地相信希特勒鼓吹的爱国主义和极端民族主义。正是在这群小市民的拥护和支持下，纳粹德国在战争中愈发肆意妄为，积极对外扩张侵略。弗里施在战后数年创作《毕德曼和纵火犯》和《安道尔》的原因不仅仅在于影射以上史实，更在于对第二次世界大战，尤其是对自希特勒上台后犹太人在战争中所遭受的迫害进行反思，进而促使同时代的人进行自省，思考有关普通民众在此期间所应承担的罪责问题。弗里施早在1945年创作的《他们又歌唱了》中就探讨了交战双方应承担的罪责，而在1961年1月10日写给苏尔坎普出版社的一封谈及《安道尔》的信中，作者又这样写道：

这部剧写的也是有关我们自己和我们的朋友的事，即非战犯以及潜在的反犹太主义者，也就是那些成就了希特勒的无数人的事。安道尔人从未屠杀犹太人，甚至都未曾拷打过犹太人；然而他们却不费吹灰之力就对犹太人做了过分的事。他们的罪责在于背地里朝黑衫国的女人扔石头，并将犹太人当作替罪羊交给了黑衫军［……］我极其赞成绞死屠杀犹太人的执行者们，但我关心的并不是这个，确切地说：

我想要展示我所看到的罪责，也就是我们的罪责，因为如果是我将我的朋友交给了刽子手，那刽子手承受的将不是最大的罪责。①

在上述一段话中，弗里施显然将批判的矛头对准了自纳粹党执政以来和第二次世界大战中，对犹太人进行迫害和大屠杀中助纣为虐的普通民众，因为他们在战后依然没有意识到自己的罪责并且没有受到惩罚。1961 年 11 月 3 日，弗里施在接受《时代周报》的采访时如此说：

有罪之人意识不到自己的罪责，他们没有受到惩罚并且他们也没有犯罪。我不想在戏剧（《安道尔》）的结尾留下一线希望，而是想让戏剧在恐惧和呐喊中结束，让观众看到，人可以多么残忍地对待别人。这些有罪之人坐在剧院正厅前排的座位上。他们会说，他们原本也不想这样。他们有罪，但他们却并未感觉到自己参与了犯罪。他们应当感到恐惧，他们看了这出戏之后应彻夜无眠。同谋犯无处不在。②

弗里施还在 1973 年所写的从军回忆录《执勤纪录本》中谈及瑞士出版界和检查机关在第二次世界大战中对犹太人处境的刻意隐瞒，以及包括自己在内的瑞士人当时对此毫不知情，他如此写道：

我们当时对战争了解多少呢？［……］有关华沙犹太人居住区的事我们毫不知情；这也无人能知。我们的出版界必须小心谨慎，因为戈培尔③密切关注着它。军队也同样十分谨慎，他们想要的是不会思考的士兵。［……］当时的我们还知道什么？自 1939 年 9 月 8 日起，

① FRISCH M. Jetzt ist Sehenszeit. Briefe, Notate, Dokumente 1943-1963 ［M］. Frankfurt am Main: Suhrkamp Verlag, 1998: 205, 210.

② MAYER H. Max Frisch / Andorra / Text und Kommentar ［M］. Frankfurt am Main: Suhrkamp BasisBibliothek, 2013: 145.

③ 保罗·约瑟夫·戈培尔（1897—1945 年），纳粹德国宣传部长，后任纳粹德国总理。

> 报刊杂志需要经过检查机关审查，自 1939 年 9 月 20 日起，电影也需检查机关审查。我们了解集中营的情况吗？我从一些犹太人那里获知了一点，但却又无法证明它们是否属实；只要集中营的事没有在我们的报纸上以图文并茂的方式得到证明，我们那儿差不多所有士兵都认为它是捏造的恐怖新闻。①

由此可见，弗里施在第二次世界大战结束二十八年后仍未停止对发生在犹太人身上的悲剧进行反思，正如他在《执勤纪录本》中写到的那样："如果我不想，我也不需要去回忆。为何我又想？慢慢地，所有的战争见证者都将死去……"② 而《毕德曼和纵火犯》和《安道尔》的创作无疑也是基于作者的这种反思历史，以此引发观众对自己进行反思。在《毕德曼和纵火犯》中，弗里施不仅通过四处纵火的纵火犯影射第二次世界大战中不断引发战火的纳粹德国，还借助毕德曼这一不断向纵火犯妥协的唯利是图、虚伪、胆怯、鼠目寸光、愚蠢的小市民形象，讽刺了战前和战争中盲目支持和拥护纳粹的德国小市民，并借其引火烧身的下场引发观众对上述问题的思考。《安道尔》中的安德里则因犹太人身份备受安道尔人的歧视，并在黑衫军对犹太人的屠杀中丧命，这无疑在暗示欧洲普遍存在的反犹太主义以及自希特勒上台和第二次世界大战中纳粹德国迫害、屠杀犹太人的罪行；剧中安道尔人用充满偏见的言论和行为对待安德里，而且在其死后仍未意识到自己的罪责，并在法庭上自我辩解，这显然是作者对战争中的一些普通民众的批判，他们不仅在战争中助纣为虐，而且在战后依旧没有意识到自己犯下的罪过，甚至并未受到惩罚。弗里施也希望借此让这些有罪的普通民众看完该剧之后对自己应承担的罪责进行反思。

---

① FRISCH M. Gesammelte Werke in zeitlicher Folge：Band Ⅵ Ⅱ [M]. Frankfurt am Main：Suhrkamp Verlag，1976：547，573-574.

② FRISCH M. Gesammelte Werke in zeitlicher Folge：Band Ⅵ Ⅱ [M]. Frankfurt am Main：Suhrkamp Verlag，1976：614.

二、存在主义哲学思潮的影响

弗里施之所以继早期所写的《圣·克鲁兹》《他们又歌唱了》和《中国长城》之后，在中晚期创作的《俄德兰伯爵》和《传记》中继续表达自己有关世界和人生的悲观思想，原因在于受到了存在主义哲学思潮的影响。

本书第二章第三节已经提及，存在主义滥觞于第一次世界大战结束之后，在第二次世界大战结束后的20世纪50至60年代达到鼎盛。这一现象产生的社会历史原因前文已作了交代，这里就不再赘述。由于存在主义并非一个统一的哲学流派，其各派的理论也存在一定的差异，在这里有必要对在弗里施撰写中晚期寓意剧的20世纪50至60年代风靡一时的萨特的存在主义哲学思想再作一点介绍。萨特的存在主义思想首先包括对人的存在和自由之间关系的论证，他提出“存在先于本质”以及“自由选择”的观点。萨特认为人起初只是作为纯粹的虚无、主观性而存在，其自身的各种特质并非与生俱来，人必须自由选择其本质。而他所说的“自由”并非指的是人在现实生活中不受限制和阻碍的状态，它代表的是人的全部意识活动。按照他的观点，人只要活着、有意识，就有自由。而正因为人是自由的，且无法逃避自由选择，所以萨特也将人的自由选择与人的孤独、苦闷和绝望等消极情绪联系在一起。其次，萨特的存在主义思想还包括对世界以及个人命运的悲观看法。在他看来，世界是荒谬的、偶然的、无法解释的、不可改变的、使人异化的；而生活在其中的人是烦恼的、孤独的、绝望的，人生是无法改变和痛苦的、无意义的。

存在主义哲学对第二次世界大战后的西方文坛产生了巨大影响，描绘世界的荒谬，探讨人存在的意义，揭示人生的痛苦便成为这一时期许多西方作家作品的表现重点，而弗里施的寓意剧也不例外。本书第二章第三节在论述弗里施有关戏剧功能的看法时已经提及作者的存在主义思想，在他看来，世界是令人绝望的、荒谬的，不可改变的。本节有必要对此再作一点补充。首先，弗里施赞同萨特提出的自由选择这一观点，他在1947年的一则日记中写道："在我看来，人的尊严在于选择。这是人类区别于动物的地方［……］动物无法有罪，它们同样也无法自由；动物始终只做它们必须做的，但并不知道它们做的是什么；而人却能知道，并且能够选择成为好人还是坏人［……］责任、罪恶或自由都源于可能的选择。"① 其次，弗里施还在1946年的一则日记中明确地表达了人和人生是不可改变的思想，他写道："我们生活在周而复始的传送带上，弥补自我或仅仅改善我们人生中的一瞬间都是毫无希望的。我们就是历史，即便我们摒弃它。时间改变不了我们。它只展示我们。"② 再次，弗里施在第一部剧作《圣·克鲁兹》的后记中对该剧的内涵进行阐释时，还指出"圣·克鲁兹"一词是对人生苦难的隐喻。他写道，"克鲁兹（Cruz）"一词由拉丁语中的Crux引申而来，而Crux则对应德语的Kreuz（十字架；苦难），它意指每个人需要背负的命运的苦难。③ 作者还如此说："每一个Kreuz（十字架）都是沉重的，但同时又是令人安慰的：我们的人生不会发生意外事件，至少在至关重要的转折上，重提过往也是不值得的；因为无人能够拥有除了自己过的生活之外的另一种生活。"④ 显而易见，这与存在主义哲学观不谋而合。与其早期寓意剧相比，弗里施的中晚期寓意剧更加集中地体现了他的存在主义思想。例如《俄德兰伯爵》中描绘了一个有违常理的世界，在这个世界里神经失常的主人公马丁不仅受到民众的拥护，还成为了国家总统，而这无疑体现了作者对世界的荒诞性的洞悉。《传记》中所展现的世界的不可改变同样反映了作者的存在主义世界观。该剧还描写了主人公库尔曼在获得人生重来的机会后仍未能改变自己一生，这也体现了作者有关

---

① FRISCH M. Gesammelte Werke in zeitlicher Folge：Band Ⅱ Ⅱ ［M］. Frankfurt am Main：Suhrkamp Verlag，1976：488.

② FRISCH M. Gesammelte Werke in zeitlicher Folge：Band Ⅱ Ⅱ ［M］. Frankfurt am Main：Suhrkamp Verlag，1976：360-361.

③ FRISCH M. Gesammelte Werke in zeitlicher Folge：Band Ⅱ Ⅰ ［M］. Frankfurt am Main：Suhrkamp Verlag，1976：76-77.

④ FRISCH M. Gesammelte Werke in zeitlicher Folge：Band Ⅱ Ⅰ ［M］. Frankfurt am Main：Suhrkamp Verlag，1976：77.

人生的存在主义思考，即人生同样也是难以改变的。此外，剧中所描写的主人公失意和绝望的一生同样反映了作者的存在主义人生观，即人生是痛苦的。

三、表现现代西方社会中人的异化现实

描绘陷入精神困境的人是弗里施中晚期寓意剧的创作重点，其产生的原因在于作者欲借此影射、暗示他身处的时代的问题，表现现代西方社会中普遍存在的人的异化现实。

“异化”一词来源于拉丁语的 alienatio，它原本主要表达神学范畴的“疏远”或“脱离”的含义，指“人在默祷中使精神脱离肉体，而与上帝合一；圣灵在肉体化时，由于顾全人性而使神性丧失以及罪人与上帝疏远。”① 本书在这里探讨的“异化”是一种哲学和社会学范畴的概念。德语《迈耶尔大百科词典》（1981）将异化（德语为 Entfremdung）定义为“一种人与各种事物之间原本有机的关系被消解、颠倒或是瓦解的状态，其中包括人与自我的关系，人与人之间的关系，人与劳动的关系，人与自己劳动产品的关系。”②

18 世纪法国启蒙思想家卢梭（1712—1778 年）在《社会契约论》（1762）一书中首先将“异化”一词引入哲学范畴，提出了文明社会中人性的异化的概念，以此揭露了社会中存在的个体丧失本性或人与人之间不平等的悖论现象。继卢梭之后，黑格尔（1770—1831 年）将异化作为重要的研究课题在哲学层面进行了探讨。在他的哲学理论中，异化被用来阐释自然、社会和人的精神之间的关系。按照黑格尔的观点，异化是精神的外化，观念的客观化。马克思（1818—1883 年）也探究了异化的本质，他指出异化是人类社会发展的象征和无法避免的产物。马克思在《政治经

---

① 中国大百科全书总编辑委员会．中国大百科全书：哲学卷［M］．北京：中国大百科全书出版社，1991：1090.

② AHLHEIM K. Meyers Grosses Universal Lektion in 15 Bänden：Band 4 Do-Fd［M］. Mannheim：Bibliographisches Institut AG，1981：367.

济学批判》（1859）和《资本论》（1867）等著作中以资本主义社会的生产关系为基础论述了异化的本质，指出其实质是“人所创造的整个世界都变成了异己的、与人对立的东西。”① 根据马克思的观点，异化是“人的物质生产和精神生产及其产品变成异己力量，反过来统治人的一种社会现象。[……] 在异化活动中，人的能动性丧失了，遭到了异己的物质力量或精神力量的奴役，从而使人的个性不能全面发展，只能片面发展，甚至畸形发展。”② 此外，他还提出了异化劳动的概念，以此揭示了资本主义私有制条件下人与自己、劳动产品以及他人的对立、异化现象。创立于1923年并在20世纪30至40年代兴盛的法兰克福学派也对现代西方社会中人的异化现象进行了深入探讨。按照霍克海默（1895—1973年）、阿多诺（1903—1969年）、马尔库塞（1898—1979年）等人的观点，现代西方资本主义社会是一个全面异化的、病态的社会，生活在其中的人的天性承受着巨大的压抑和摧残；而人的异化具体表现为：理性的衰落，信仰和自我意识的丧失，人无法主宰自己的行动，沦落为机械生产和消费的“机器”；人与人之间的关系变得疏离、毫无情感。

自19世纪末20世纪初以来，现代西方社会的各个方面确实都充斥着异化现象，而这一现象的产生有着深刻的社会历史原因。这一时期的西方世界处于由自由竞争资本主义向垄断资本主义的过渡阶段，经济发展逐渐加速；与此同时，第二次科技革命也为工业化、机械化、城市化进程提供了有利条件。虽然高速发展的经济和科学技术为西方人带来了大量物质财富和更为优渥的生活条件，但它又扭曲了人的本质，并导致人际关系的疏远。在资本主义工业化和机械化进程中人们被卷入无休止的生产和消费中，人因此丧失了自由和主体性，逐渐沦为机器、商品和金钱的附属品；城市化进程使世界变得更广阔、复杂和多元，人与人之间的关系也开始变

① 中国大百科全书总编辑委员会．中国大百科全书：哲学卷［M］．北京：中国大百科全书出版社，1991：1091.

② 中国大百科全书总编辑委员会．中国大百科全书：哲学卷［M］．北京：中国大百科全书出版社，1991：1090.

得不再紧密，从而使人产生强烈的孤立感。身处这一时代背景下的西方人也就陷入了与自我、与他人关系的异化中。在弗里施创作中晚期寓意剧的20世纪50年代初至60年代末，西方社会中人的异化现象较之19世纪末20世纪初发展得更严重。由于第二次世界大战的重创，西方世界渴望完成经济的快速复苏。至20世纪中期，西方社会的经济发展呈现出迅猛的态势。此外在20世纪40年代末至50年代初开始的第三次科技革命中，新能源和信息技术得到了开拓和发展，自此原子能以及电子计算机被运用到工业生产中，极大地推动了社会生产力。然而新的工业生产方式以及随之加剧的人类活动中的能源消耗严重地破坏了生态平衡，以至于人类有限的生存空间面临着巨大威胁，这使西方人产生了强烈的危机感。而此时西方社会中程式化的生活方式以及在效率、盈利优先的经济体制下展开的残酷竞争又给人们带来巨大的精神、心理压力，使他们感到内心空虚和迷茫，迷失了自我，甚至丧失了精神家园。此外，在金钱和财富至上的社会现实中人际关系也日益畸形，彼此之间相互利用，从而沦为物与物之间的关系。

虽然弗里施很少在日记、散文或随笔中直接论及现代西方人的异化问题，但他在长篇小说《施蒂勒》（1954）中却突出表现了西方现代社会中人的异化现象，并且借主人公施蒂勒之口描述了现代西方人丧失个性的状况：

> 我们生活在一个重复制作的时代，世界在我们个人心目中的图画其主要方面从来就不是用我们自己的双眼去体验的。更精确地说，也可能是用我们的眼睛，但却不是身临其境。我们能从电视中看到一切，听到一切，足不出户便知天下事，你永远也不必离开这座小城［……］人们的内心生活也完全如此，如今谁都知道这种情景。［……］这是一个什么样的时代啊！你看见过剑鱼，爱过一个混血儿，这些都算不了什么啦。这些你都能在一个早晨上演的文化片中看到。你会想到，啊，上帝，在这样的时代里，能遇到一个有头脑的

人，他能通过抄袭表现问题的某个侧面，那可真是可贵。①

此外，弗里施还在《施蒂勒》中借另一人物检察官之口揭示了西方现代社会中人与自身本质相背离，丧失真实自我的普遍现象：

> 我们的意识在几个世纪的进程中有了很大的变化，而我们的感情生活却变化甚少。［……］我们的意识越能随机应变，我们越博学，我们避免生活的手法就越多，越高明，自我欺骗的花样就越巧妙！人们可以一辈子这样下去，甚至活得很出色。只是他并不能进入生活，而且会不可避免地距离自己的实际状态愈来愈远。
>
> 要能对自己有所认识，而这种认识将使一个人逐渐或突然地疏远迄今为止的生活［……］去做自己想做而又做不到的那种人，以自己本来的面貌去生活。没有比承认自己更艰难的事情了！这样的事本来只会发生在某些天真的人身上的，但在我周围的世界中，从好的意义来说被称之为天真的人却为数甚少。②

也正是在这样的时代背景下，弗里施早在20世纪40年代已写下表现人或人与人关系异化的《圣·克鲁兹》和《当战争结束时》，之后又相继创作了《俄德兰伯爵》《唐璜或对几何学的爱》《安道尔》以及《菲利普·霍兹的愤怒》。前三部剧作通过刻画马丁的双重人格、唐璜的自我迷失和自我寻找的失败以及安德里的自我认知障碍，展现了身处现代西方社会中人的自我异化现象，最后一部剧作则描写了疏离扭曲的夫妻关系，并且揭示了现代西方社会中人与人之间关系的异化。

四、对作者与异性的关系、婚姻生活及人生经历的“变形”描绘

如同在其早期寓意剧中一样，弗里施在其中晚期寓意剧中也对自己与

---

① 弗里施．施蒂勒［M］．许昌菊，译．重庆：重庆出版社，2008：160-161.
② 弗里施．施蒂勒［M］．许昌菊，译．重庆：重庆出版社，2008：278-353.

异性的关系、婚姻生活以及人生经历进行了“变形”描绘，这一点在《唐璜或对几何学的爱》《菲利普·霍兹的愤怒》以及《传记》中均有一定体现。

《唐璜或对几何学的爱》和《菲利普·霍兹的愤怒》分别创作于1953年和1958年，纵观作者此前与异性的关系和婚姻生活，从中不难发现，弗里施在这方面与他笔下的唐璜和菲利普有着某种相似之处。如同风流韵事不断的唐璜一样，他的私生活一直都十分混乱，经常同时与多名女性保持情人关系；被禁锢于不幸婚姻并且渴望从中逃脱的唐璜可以说也以作者的自身经历和感受为蓝本。弗里施视自己与康斯坦泽的第一段婚姻（1942—1959年）为囚禁自我的牢笼，以至于他在这段长达17年的婚姻中一直以出行远游的方式来逃离婚姻生活，1946年至1952年，他先后游历了德国、美国和墨西哥。弗里施的这种对婚姻生活的逃离最先在自传体小说《彬，北京之行》（1945）中较直接地表现出来。该作品讲述了主人公彬为找寻自我而离开妻子和孩子，逃往北京。书中的北京并非真实存在的城市，而是彬幻想中的一个无法达到的地方。作者还在1946年9月与其大学时期的文学教授瓦尔特·穆什葛的一次通信中写道：“我常想离开欧洲，只是不知道去哪儿。如果我没有孩子就好了！我渴望过隐居生活。”① 德国文学评论家福尔克尔·魏德曼如此解读弗里施婚后的一系列旅行：“他（弗里施）的这些旅行同样也是一种逃离，逃离自我，逃离家庭，逃离自我审视和忧郁。他自己就是那个被渴望追逐的彬，渴望结识新的人，渴望看到新的景象，渴望另一个女人。”② 由此可见，《唐璜或对几何学的爱》中的主人公形象在一定程度上也是作者在对自己混乱的异性关系以及想要逃离的婚姻生活进行艺术加工的基础上产生的。而与菲利普相似的是，弗里施的第一段婚姻也并不幸福。他与康斯坦泽貌合神离的婚姻关系以及他在这段婚姻

① WEIDERMANN V. Max Frisch. Sein Leben, seine Bücher [M]. Köln: Kiepenheuer & Witsch Verlag, 2010: 127.

② WEIDERMANN V. Max Frisch. Sein Leben, seine Bücher [M]. Köln: Kiepenheuer & Witsch Verlag, 2010: 128.

中频繁出轨的状况本书第三章第三节已作了较详细的交代，这里就不再赘述。结合作者的这段婚姻的状况可以看出，《菲利普·霍兹的愤怒》刻画的关系疏离扭曲的霍兹夫妇，实际上也是作者本人和妻子康斯坦泽之间关系的某种“变形”表现，而这种“变形”主要体现在剧中出轨的人并非身为丈夫的霍兹，而是他的妻子多莉。

弗里施还在《传记》中以自己的人生经历为蓝本以虚构、夸张的方式撰写了主人公的一生。为了更清晰地了解该剧主人公库尔曼所带有的某种自传性特征，本书有必要按照时间顺序对该人物和弗里施的人生经历进行比较：

《传记》中库尔曼的经历	作者弗里施的经历
1917 年　出生	1911 年　出生
1927 年　学生时代 用雪球砸瞎同学霍兹勒的左眼 此后无来往	1924 年　学生时代 结识挚友科宁克斯 此后无来往
1939 年　母亲去世 与初恋情人海伦相识 偶然救助了犹太人	1932 年　父亲去世 1933 年　与犹太籍初恋情人凯特相识
1940 年　与初恋情人分手 与第一任妻子卡特琳·古根比尔结婚	1936 年　与初恋情人分手 1942 年　与第一任妻子康斯坦泽结婚
1942 年　儿子托马斯出生	1944 年　儿子汉斯·彼得出生
1949 年　第一任妻子自杀	1954 年　与第一任妻子分居
1960 年　成为教授 在庆功宴上结识第二任妻子安托瓦妮特·施戴恩 患肝病	1958 年　戏剧《毕德曼和纵火犯》首演并大获成功 因首演结识奥地利女作家巴赫曼

续表

《传记》中库尔曼的经历	作者弗里施的经历
1961 年 与第二任妻子结婚	1959 年 向巴赫曼求婚被拒 患肝炎住院

从以上对比可以看出，弗里施将自己的人生经历稍作改变后安排在《传记》的主人公身上，二者除了在具体的年份和一些细节上有出入，其重要的发展轨迹大致相仿。

第五章 弗里施寓意剧的艺术特征

本章将从四个方面对弗里施寓意剧的艺术特征进行探讨，即其情节结构上的特征、人物刻画方式、陌生化手法以及其他较具代表性的表现手法。

第一节 反传统的情节结构

由于受舞台演出的限制，西方传统戏剧大多时间和空间较为集中，人物较少，且反映的生活范围较狭窄；剧中存在一个中心事件，情节结构完整，精炼且连贯紧凑，其各部分之间有着严密的因果关系，环环相扣；此外，剧中通常还具有一个贯穿全剧始末的冲突，并展示对立双方冲突的发生、发展、高潮和解决。从接受效果来看，情节结构具有上述特征的西方传统戏剧易于将观众卷入剧情，使其对剧中人物产生感情共鸣，并使观众从对人物命运发展的紧张期待中获得愉悦。而弗里施寓意剧的情节结构从整体上看则呈现出反传统的特征——这也与西方现代戏剧情节结构的特征相一致，其主要体现为大跨度的时空转换和时空交错以及松散的情节结构。在接受效果方面，弗里施的寓意剧与西方传统戏剧相比也发生了很大改变，以激发观众的理性思考取代感情共鸣。本章节将首先对弗里施寓意剧的上述情节结构特征予以分析，然后再对作者在其寓意剧中采用反传统情节结构的原因及其接受效果展开探讨。

一、大跨度的时空转换和时空交错

弗里施的某些寓意剧突破了传统戏剧在时空方面所受的限制，具有时空大幅转换且转换灵活自由的特点。此种时空特点不仅起到了表现更广阔的生活范围的作用，而且能够更好地展现主人公的经历以及情感、思想的发展变化，这一点在弗里施的早期和中晚期寓意剧中均有所体现。如《圣·克鲁兹》的时间跨度长达17年，地点转换较多，主要人物上尉和佩莱格林在剧中五幕分别出现在酒馆、城堡、甲板、名叫圣·克鲁兹的岛屿等多个完全不同的地点。该剧涉及的人物也较多，共有十六余人出场。《俄德兰伯爵》的时间跨度为数天，并且地点多变：第一场中主人公马丁身处自家书房，第二场的地点转换到关押杀人犯沃尔夫冈的监狱，第三场马丁来到了森林，第七场的背景则切换到了某家大饭店，第九场中马丁因抵抗政府军的打击逃到了下水道，而第十场他又出现在总统府。剧中共有包括主人公的妻子艾尔莎、哈恩博士、乡警、狱警、内政部长、总统等不同社会阶层的将近三十人。又如《唐璜或对几何学的爱》的时间跨度长达13年之久，而主人公唐璜也在多个城堡和地区之间活动。剧中的人物有20多个，如与唐璜发生关联的他的父亲和好友，骑士团首领及其妻子和女儿，还有唐璜此后的妻子米兰达等。《传记》的时间跨度甚至为主人公库尔曼一生的50年，剧中库尔曼在自家、户外、学校、办公室、医院等多个地点行动。该剧的人物也较庞杂，包括对主人公人生发生重要影响的人及其在一生中遇到的人，共30余人。这些剧作之所以采用大跨度的时空转换，还因为这为彰显主人公的经历和内心世界提供了可能。而从人物表现来看，正如第三章第二节和第四章第二节已提及的，《圣·克鲁兹》描写了上尉和佩莱格林的人格分裂，《俄德兰伯爵》突出表现了马丁双重人格的问题，《唐璜或对几何学的爱》塑造了一个身陷自我迷失的唐璜形象，《传记》展现的则是库尔曼改变人生的失败。

弗里施的部分早期和中晚期寓意剧还呈现出时空穿插交错的特征，即不以事件发展的先后顺序来展现剧情，而是根据人物的回忆、幻觉、梦境、幻想将过去、现在和将来进行交叉或颠倒，使事件当下的发展及其前史、人物的心理时空和现实时空通过场次交替的方式展现在舞台上。时空交错的结构同样也可以展现广阔的生活画面，更好地揭示人物复杂的内心世界；此外它还能产生鲜明的对比，起到加强批判和揭示主题的作用。如《圣·克鲁兹》中，有关上尉夫妇以及佩莱格林身处城堡的当下时空与他们三人17年前在圣·克鲁兹的历史时空相互交织。该剧共有五幕，其中三幕展现的是戏剧情节主线，即上尉夫妇与佩莱格林在城堡场景里的当下画面，另外两幕则穿插于主线情节之间，表现了17年前三人在圣·克鲁兹的纠葛。剧中第一幕的场景为上尉的城堡，该幕主要展现的是上尉夫妇与佩莱格林三人在一次晚宴上的重逢；而第二幕则根据佩莱格林的梦境描绘了17年前他与上尉夫人艾尔维拉之间短暂的情史，场景也随之跳跃到一个背景模糊的海船甲板上；第三幕承接第一幕的时间回到当下的现实，场景也回归到上尉的城堡。在此，上尉去远方冒险的欲望被来访的佩莱格林唤醒，他在深夜托秘书留下告别信后离家出走；在第四幕中再次穿插剧中人物前史，该幕根据佩莱格林的回忆回到过去，再现了17年前上尉与还未成为上尉夫人的艾尔维拉和佩莱格林在圣·克鲁兹的相遇与相识，以及佩莱格林对艾尔维拉的始乱终弃；最后一幕则又一次返回三人所处的当下时空，场景转换为上尉的城堡，该幕的情节继第三幕上尉的不辞而别再度展开，三人重逢的故事在此画上句号：剧本结尾处离家出走的上尉返回城堡，而佩莱格林在向艾尔维拉敞开心扉后病逝。上述情节结构使上尉和佩莱格林的过往与当下的生活状态得以同时展现，起到了更好地揭示二人矛盾、复杂的内心世界的作用，以此深刻地展现其人格分裂的特征。《传记》主要表现的是病危的主人公库尔曼在登记员的帮助下重返过去试图改变自己的人生。由于库尔曼重返过去的选择极具任意性，且重过人生的次数频繁，故该剧的情节呈现出极大的跳跃性，结构也显得十分零散。但从整体来看，该剧仍然大致存在两条时空线：一条是处于当下时空背景下的库尔曼与登记员就重回历史进行自我改变展开的探讨，另一条是围绕回到过去、处于历史时空下的库尔曼人生发展的情节线。此外，全剧并未分幕分场，而只是将情节笼统地划分为两个部分，因此上述两条时空线不是借助场次交替交叉进行，而是通过舞台灯光（霓虹灯与白炽灯）的切换示意时空的交错：在霓虹灯下上演的是现实背景下库尔曼与登记员的当下场景，而当霓虹灯熄灭、表演使用的白炽灯灯亮起时则表现的是库尔曼穿梭到历史时空中的场景。根据不同灯光的变化，有关库尔曼的两条时空线不断交替出现，从而将他过去的人生与其当下的心理状态同时展现在观众面前，更全面地表现了其内心生活。《安道尔》的情节同样由两组不同的时空线索交织而成。该剧共十二场，这是该剧的主要时空线、情节线，它们基本按照客观的时间顺序描写了安德里生前在安道尔所经历的一系列事件，展现他因当地人的偏见而产生的变化并最终丧命的悲惨结局。然而这条主要时空线又不断地被另一条时空线打断，也就是主人公死后七名安道尔人作为证人出席法庭审判的七个场面，在此剧中的店主、木匠、伙计、士兵、神甫、某人以及医生在法庭上为自己在主人公生前对其采取的偏见行为进行辩解，试图借此摆脱罪责。剧中这两条时空线的相互交织使安道尔人在安德里生前对他的偏见和歧视与他们在其死后在法庭上毫不忏悔的态度交替出现，以此加强了对安道尔人的批判。

二、松散的情节结构

弗里施的部分早期和中晚期寓意剧采用了松散的情节结构，其主要特征在于缺乏贯穿全剧的情节主线和外在冲突。作者寓意剧中的上述情节结构可被进一步划分为缺乏事件的情节结构、一人多事的情节结构以及多人多事的情节结构。

1. 缺乏事件的情节结构

在缺乏事件的情节结构中，人物的行动和事件较少，戏剧情节贫乏，而且人物之间一般不发生冲突。此种情节结构能够更充分地展现人物内在的精神状态，凸显人物的内在本质，并起到深刻揭示戏剧主题的作用。在弗里施的寓意剧中，具有此类情节结构的有《当战争结束时》《毕德曼和纵火犯》以及《传记》。

《当战争结束时》表现了霍斯特夫妇之间畸形的夫妻关系。首先，剧中霍斯特的妻子艾格尼丝与苏联军官施蒂凡的婚外恋主要通过他们每晚以谈话方式进行的约会来展现，二人在剧中几乎没有行动，而只停留在因使用不同语言而显得有些生硬的交谈上。其次，霍斯特在知晓妻子坠入爱河后起初也未采取任何行动，而只是为了自身安危选择了忍耐；即使他最后对妻子与施蒂凡的约会进行了干预，但施蒂凡却并未作出回应，只是在愤怒中离艾格尼丝而去，因此二人的冲突也未形成。再次，剧中夫妇二人之间缺乏交流，也缺乏外部冲突。不过上述情节结构却使霍斯特夫妇内心的矛盾及其扭曲的夫妻关系得到了更好的展现。《毕德曼和纵火犯》描写了毕德曼将两个纵火犯引进家门，在其纵容之下他们放火烧毁了全城。尽管两个纵火犯在主人公家中明目张胆地准备纵火，然而主人公却对此视而不见，没有采取对抗行动与其产生冲突，而是一再向他们妥协，最终因此酿成悲剧。这种情节结构可更好地表现毕德曼胆怯、虚伪、鼠目寸光的小市民本质，也使该剧的主题得到了更突出的表达，即不反抗邪恶势力，而一味地向其妥协必将招致灾祸。《传记》中的库尔曼在获得重返过去的机会后多次试图改变以前的人生，但由于他每次都未能改变自己的行为，致使他重过无数次同样的人生。虽然库尔曼不断地回到过去的人生阶段，但由于他不断重蹈覆辙使得相同的剧情反复上演，即后面的情节还是对前面的情节的重复，因此该剧情节并没有实质性的发展，而库尔曼也未与剧中其他人物有外部冲突。该剧的情节结构使主人公因生活的不幸导致的内心的绝望和挫败感及其优柔寡断、失败的人生改造者的本质表现得更为明显，同时也凸显了该剧人生是苦难的，并且人和人生都是难以改变的主题。

2. 一人多事的情节结构

此类情节结构缺乏贯穿全剧始末的中心事件，但有一个贯穿全剧的主要人物；戏剧情节则主要通过以这一人物为中心的一系列事件展开，但这些事件之间却没有严密的因果联系，因此剧中的每一场有时甚至可以单独成章。一人多事的情节结构不仅能够更为集中地展现主人公的生命进程，而且可使其内心世界得到更深刻的表现。在弗里施的寓意剧中，《俄德兰伯爵》《唐璜或对几何学的爱》以及《安道尔》都具有一人多事的情节结构。本节仅以最具代表性的《俄德兰伯爵》为例对此作出分析。

《俄德兰伯爵》主要描写的是主人公马丁因不堪忍受单调机械的生活而产生双重人格，并在新人格的驱使下对社会制度发起反抗。该剧共有十二景，除第二、六、八、十一景是以杀人犯沃尔夫冈为主要表现对象的场次外，剧中其余场次表现的是围绕马丁展开的一系列独立的事件。该剧的第一景写的是马丁审理杀人犯沃尔夫冈的卷宗；第三景描述了在新人格支配下的马丁逃往森林后杀害几名警察；在第五景中，马丁放火烧毁了自己拥护者的屋子；第七景描述的是马丁试图坐快艇逃往圣托里尼岛；在第九景，马丁在政府军镇压下带领自己的拥护者在城市下水道进行武装抵抗；第十、十二景则表现马丁同总统进行谈判以及总统向其让位。上述这些以马丁为主的场景的情节发展呈现出跳跃性特征，而马丁的精神变化、异样的精神状态以及疯狂的内心世界也藉此得到了深入刻画。

3. 多人多事的情节结构

此种情节结构的特点主要在于人物多、事件多，缺乏一个贯穿全剧始终的人物和中心事件；而且各个人物之间的关系并不紧密，时常无主次人物之分，多个事件之间也缺乏紧密的内在联系。这种情节结构有助于刻画大量的人物，并通过发生在他们身上的不同事件来展现特定时代背景下的社会风貌。弗里施比较典型的具有多人多事情节结构的剧作有《他们又歌唱了》和《中国长城》。

《他们又歌唱了》中出场人物有作为侵略方的德军、展开反击的英军和美军、被卷入战争的平民以及战争中的幸存者等20余人。该剧被划分为两个部分。第一部分的四场描写了以不同人物作为中心的相对独立的四个事件：在第一场，纳粹军官赫伯特和纳粹士兵卡尔对人质进行枪决，后者因奉命滥杀无辜受到良心谴责；在第二场，卡尔的父亲在空袭后的城市废墟中寻找妻子的尸骸；在第三场，英美空军飞行员们探讨战争问题，并准备执行对德军进行偷袭的任务；在第四场，叛逃回家的卡尔不堪内心折磨而自杀，他的父亲和妻子玛丽亚在空袭中丧生。该剧的第二部分篇幅较短，该部分的三场主要表现的是战争中的敌对双方死后在天国的和解，以及双方幸存者在人间仍执迷不悟地继续厮杀。该剧的多人多事的情节结构将刻画身陷战争的人物群像作为重点，以此展现战争时期的整体社会状况以及人的普遍的生存处境。《中国长城》的出场人物同样也十分庞杂，多达三十人，互相之间没有太多纠葛，他们因秦始皇的庆典而聚集在一起。该剧的情节由发生在庆典上、以不同人物为中心的一系列事件组成。这些事件包括秦始皇下令修建长城，秦始皇将哑巴当做民喉进行酷刑审判，不同身份、不同地位的人对战争、政治和历史发展进行探讨，发起武装起义的城外百姓试图攻城，公主美兰拒绝武将的求爱，武将谋反篡位等。虽然剧中部分场次的情节发展具有一定的因果关系（例如第十七场，美兰反对父王将自己许配给武将的安排，这一行动引起了武将的愤怒，也直接导致他在第二十一场中展开谋反篡位的复仇行动），但从整体来看，该剧大多数场次的事件之间缺乏必然的内在联系。该剧借助独裁者秦始皇的暴政和暴行、百姓在秦始皇统治下的悲惨遭遇及其反抗、武将弑君篡位等描绘了一幅极权社会的图景。

三、弗里施的寓意剧采用反传统情节结构的原因及其接受效果

弗里施的寓意剧之所以同其他西方现代派剧作一样采用了反传统的情节结构，主要基于以下两方面的原因：首先，20 世纪的西方社会无论是在政治、经济方面还是人的生活方式方面均发生了剧变，时空受限的传统戏剧已无法展现广阔而又多变的世界图像；而大跨度的时空转换、时空交错的结构方法以及松散的、跳跃式的情节安排突破了传统戏剧在反映生活范围方面所受的局限，能够多层次、多角度地展现现实生活，这也是现代西方剧作家普遍的创作追求。其次，自 19 世纪末以来，西方社会掀起了一股非理性思潮，作为西方传统文化核心的理性精神受到了普遍质疑。西方现代哲学和心理学的发展使人的精神世界得到了深层次的探讨，并使人们开始重视被理性压抑的欲望、本能冲动、无意识等。在以叔本华（1788—1860 年）、尼采（1844—1900 年）等为代表的非理性哲学和弗洛伊德的精

神分析心理学的影响下，西方现代艺术表现的重心也随之由外部世界转向内部世界。这就对戏剧的情节结构提出了新的要求，即戏剧不再拘泥于按照事物外部的因果关系来组织情节，而是倾向于为突出人的深层心理而采用更为灵活自由的方式来构思情节。在 1965 年获席勒纪念奖的演讲中，弗里施谈及现代艺术不仅不再被束缚于预先设定的意义中，而且不一味地遵循因果必然规律："所有领域的艺术已经察觉到，它们不必再被强加某种意义。我们无法体验意义，而我们能够体验的恰恰是相反的东西：发生了一些事情，而另一些同样也可能发生的事情却没有发生，这绝不是由个别行为或疏忽引起的；即便我们作出了决定，也被证明这是不知何物操控的结果，我们只知道，决定所带来的所有后果也可能会以完全不同的形式发展；上一个行为并不一定是由于命运的突变，而是由于一系列巧合而产生，被大多数人所认定的规律也有概率值……"① 因此弗里施具有反传统情节结构的寓意剧也如同其他现代西方剧作一样，不囿于外部因果必然性的限制，一方面具有表现广阔生活范围的特点，另一方面还对人的精神和心理有着深层次的探讨，这在上文已经提及的其笔下的具有人格分裂、双重人格、自我迷失等特征的人物身上均有所体现。

从接受效果来看，弗里施的寓意剧所采用的反传统的情节结构能够在很大程度上破除观众的感情共鸣。在第二章对作者有关戏剧功能问题的看法的论述中已谈到，他在看待戏剧功能时强调，戏剧不应只是为了使观众获得审美享受而存在，它更应唤醒、激发观众的理性思考。但是传统戏剧集中紧凑、环环相扣的情节结构易于将观众卷入剧情中，使其与剧中人物产生感情共鸣，因而丧失思考的能力。而弗里施寓意剧缺乏事件的情节结构、一人多事的情节结构以及多人多事的情节结构则可以阻止观众与剧中人物的感情共鸣，从而为其在观剧时能够保持清醒的理性思考提供了可能。

① FRISCH M. Gesammelte Werke in zeitlicher Folge：Band Ⅵ Ⅱ ［M］. Frankfurt am Main：Suhrkamp Verlag，1976：367，368.

第二节　类型化的人物刻画方式

弗里施的早期和中晚期寓意剧中人物的刻画采用了类型化而非典型化的方式。本节将首先阐释典型化与类型化人物刻画方式的特点，然后再结合弗里施的寓意剧具体分析其人物的类型化特征。

一、典型化与类型化人物刻画方式的特点

戏剧人物的刻画方式大致可分为典型化和类型化两种。典型化是作家在文学创作中结合个性化与概括化塑造典型形象的方法，它指“作家运用想象和虚构，对现实生活中的素材进行选择、提炼、集中、概括，创造出既能体现社会生活某些本质规律，又具有鲜明独特个性的典型形象，使作品反映的生活比普通的实际生活更高，更强烈，更有集中性，更典型，更理想。”① 典型化人物的特点主要体现在鲜明生动的个性特征，这类人物的形象饱满立体，性格丰富复杂；他们在拥有一个较为稳定的性格特征的基础上还具备其他的性格侧面，而作者在塑造这类人物时通常也会展现他们多层次的性格的形成和发展过程。英国作家、理论家福斯特（1879—1970年）在其文学批评专著《小说面面观》（1927）中将小说中的典型人物称为圆形人物（round characters），以此凸显这类人物形象丰满立体的特点。当代德国文学理论家曼弗雷德·普菲斯特（1943—）在《戏剧理论与戏剧分析》（1977）一书中将戏剧中的典型化人物称为多维角色，认为它是由“一组来自不同层次的复杂的特征所定义，可能涉及人物的生平背景、心理性向、与不同人交往时的人际行为、对差异极大的处境的反应方式以及意识形态取向等等。”② 按照普菲斯特的论述，在戏剧中“每个角色视角、每个情境都能揭示出多维角色性格中新的侧面，它向接受者所展示的特征

① 孙家富，张广明．文学词典［M］．武汉：湖北人民出版社，1983：9.

② 普菲斯特．戏剧理论与戏剧分析［M］．周靖波，李安定，译．北京：北京广播学院出版社，2004：227.

是由多个侧面和鲜明性格所组成的统一体"①。血肉丰满的典型化人物或多维角色不仅见之于文艺复兴时期的悲剧（如莎士比亚笔下的麦克白、哈姆雷特等），而且也见之于19世纪的现实主义戏剧（如易卜生笔下的娜拉）。从接受效果来看，性格内涵丰富、有血有肉的典型化人物具有强烈的感染力，因此他们也能激发观众对其产生感情共鸣。

类型化人物的刻画方式则与典型化的截然不同，它指"抽象地反映社会生活中某些人和事的表面的共同特征"②。类型化人物是概念化、单一化的，此类人物的形象并不饱满，也不具备多侧面的复杂性格，而只具有某一方面的性格特点。由于类型化人物没有复杂的个性，他们以彰显某一类型的人或群体的共性为目的。类型化人物是作家根据自己的思想观念突出人物的某一特征，或使他们代表某一类人，从而使其成为揭示主题思想、传达作者本人抽象思考的符号。福斯特将小说中的这类人物称作"扁平人物"（flat characters）。普菲斯特将戏剧中的这类人物称为单维角色，认为它由"不多的几个区别性特征所界定"③。根据普菲斯特的阐述，单维角色的性格特点有时甚至会被削减到只剩下"独立而夸张的单一的风格化特点，由此而将角色漫画化"④。此外，剧中其他角色的视角、不同的情境都只能反映出单维角色单一、单调的人物特征。在西方戏剧中，类型化人物或单维角色最早出现于中世纪的道德剧。它通常将罪恶或是美德等某个抽象概念通过拟人的方式作为剧中人物呈现，他们在剧中也只为揭示抽象的真理、传达价值观和道德观，并服务于道德教育。在文艺复兴时期的莎士比亚和17世纪的莫里哀（1622—1673年）的喜剧中也可看到此类人物。20世纪的西方现代和后现代戏剧（如表现主义戏剧、存在主义戏剧和荒诞

① 普菲斯特．戏剧理论与戏剧分析［M］．周靖波，李安定，译．北京：北京广播学院出版社，2004：227.

② 辞海编辑委员会．辞海：文学分册［M］．上海：上海辞书出版社，1984：7.

③ 普菲斯特．戏剧理论与戏剧分析［M］．周靖波，李安定，译．北京：北京广播学院出版社，2004：227.

④ 普菲斯特．戏剧理论与戏剧分析［M］．周靖波，李安定，译．北京：北京广播学院出版社，2004：227.

派戏剧）中也不乏类型化人物。从接受效果来看，由于类型化人物的血肉并不饱满，缺乏真实生活中人的性格的复杂性，观众很难在感情上与他们完全融合，从而能够更理性地看待这些人物。

二、弗里施寓意剧中的类型化人物

如同其他西方现代及后现代剧作家，弗里施在其早期和中晚期寓意剧中也采用了类型化的人物刻画方式。根据本书第二章对弗里施有关戏剧本质问题的看法的论述可知，他认为戏剧并非模仿现实世界，而是对其进行阐释。作者之所以在其寓意剧中刻画类型化人物，是因为他能够借助于这些虽缺乏真实性和丰富性、但却具有某种共性特征的人物表达自己的抽象思考，使作品更具哲理性和普遍意义，从而更深刻地阐释世界。弗里施笔下的类型化人物大致分为以下三类：

1. 仅具有某一单一性格特征的人物

弗里施的早期和中晚期寓意剧中均出现了一些仅具有某一单一性格特征的人物，例如《中国长城》中的秦始皇、《他们又歌唱了》中的赫伯特、《毕德曼和纵火犯》中的毕德曼、《传记》中的库尔曼等。本节将以毕德曼和秦始皇为例稍作分析。毕德曼是一个代表小市民群体的人物。他不仅被赋予了“小市民”（Biedermann）的名字，而且他在剧中的言行举止也只能反映出小市民的特点，如唯利是图、虚伪、胆怯、鼠目寸光。而观众也无法在该人物身上发现除了小市民以外的性格特征。作者之所以在剧中对其有上述描写，是为了更好地通过他展现小市民行为可能遭致的悲剧性后果。弗里施笔下的秦始皇同样仅被夸大渲染了其作为独裁者的单一的性格特征。他不仅独断专横，实行血腥统治，还不断对外进行侵略扩张，妄图征服世界。弗里施在剧中使具有上述单一性格的秦始皇代表所有时代的独裁者，通过该人物揭示残暴独裁、极权统治对社会甚至是对世界安全带来的巨大危害。

2. 现代西方社会中异化的人

弗里施在某些剧作中还运用类型化方式刻画了一些代表着现代西方社

会中异化的人的主人公形象。与仅具有某一单一性格特征的人物不同的是，此类人物具有一定的性格特征，并且剧本在一定程度上还展现了他们性格的发展。但尽管如此，他们并非生动立体的人，同样也区别于血肉饱满的典型化人物，不具备鲜明、复杂的个性，而是作者为揭示现代社会中人的异化这一普遍现象而描写的特定人物类型。例如《圣·克鲁兹》中两个人格分裂的人物——上尉和佩莱格林。前者表现出因超我过分压抑本我导致的人格分裂；后者则是因本我碾压超我引起的人格分裂。《俄德兰伯爵》中具有双重人格的人物马丁展现出两种截然不同的人格，即作为检察官恪尽职守的人格以及作为俄德兰伯爵暴力、反叛的人格。《唐璜或对几何学的爱》中的唐璜身陷自我迷失的痛苦，同时还遭遇自我寻找的失败。《安道尔》中的安德里则在外界的影响下产生自我认知障碍并因此丧失生命。

3. 具有相似遭遇或思想、行为的群体

弗里施的部分寓意剧中还出现了并无明显的性格特征，而仅具有相似遭遇或思想、行为的群体，此类人物主要在《他们又歌唱了》和《安道尔》两部剧作中有所展现。《他们又歌唱了》刻画了一群身处战争中的人，包括侵略者和受到战争牵连的无辜百姓，如尚存人性和良知的纳粹士兵卡尔及其在战争中无辜受难的家人。他们并未展现出鲜明的性格特点，而只具有相同的悲惨遭遇，即均在战争中丧命。作者通过对这类人物的刻画传达了自己的下述思想：战争是残酷的，无论战争中的哪一方都无法幸免于难。弗里施还在《安道尔》中描写了一群没有姓名，而只是根据他们的身份或职业命名的人物，如士兵、店主、木匠、医生、神甫、伙计等。这些人物不具备明显的性格特征，只是有着相似的思想和行为。他们不仅对安德里充满了偏见，以不公正的态度对待他，还在法庭上为自己的卑劣行径辩解，推卸对安德里丧命一事的责任。作者通过这类人物的刻画揭示偏见对人造成的负面影响，并借此使观众对安德里悲剧命运的根源获得更深刻的认识。

第三节　陌生化手法

深受布莱希特影响的弗里施在其早期和中晚期寓意剧中还大量运用了陌生化手法，以此进一步打破观众在观剧过程中可能产生的感情共鸣，并促使观众进行理性思考。本小节将首先对陌生化一词的含义、历史发展及作用进行阐释，然后再结合弗里施的寓意剧具体分析其陌生化手法。

一、陌生化的含义、历史发展及作用

按照德语《大布洛克豪斯百科词典》的阐释，“陌生化”（Verfremdung）一词的本意是“对习以为常的现象的转变，使之成为一种不寻常”①。陌生化原为20世纪初在俄国盛行的形式主义理论的核心概念之一，最早由苏联文学批评家兼作家什克洛夫斯基（1893—1984年）提出。他认为文学艺术首要的美学价值在于为人们带来陌生新鲜的审美感受。在他看来，人们在审美过程中难以感受到自己熟悉的事物。为使人们重新感知这些事物，什克洛夫斯基主张在文学作品中将其以陌生、崭新的形式进行表现。他的陌生化理论在俄国形式主义文论中有着重要意义。俄国形式主义认为“诗歌或文学作品中的一切表现形式，都不是对现实的严格模仿、正确反映或再现，相反，它是一种有意识的偏离、背反甚或是变形、异化”②。由于俄国形式主义追求新的文学表现形式，它主张在语言、文本结构以及叙述方式上对事物进行陌生化处理，以此延长审美过程，使人们更好地感知已熟知的事物。

布莱希特在吸收俄国形式主义陌生化理论的基础上发展出了其陌生化戏剧理论，提出以陌生化为原则的艺术表现方法——陌生化效果

① BROCKHAUS F. Der Grosse Brock Haus: Band 23 [M]. Wiesbaden: F. A. Brockhaus, 1984: 68.

② 张冰. 陌生化诗学：俄国形式主义研究 [M]. 北京：北京师范大学出版社，2000: 8.

（Verfremdungseffekt，亦称间离效果），并将该艺术手法运用于剧本创作、舞台设置以及表演等诸多方面。布莱希特在《论实验戏剧》（1939）一文中对陌生化进行了如下阐述："对一个事件或一个人物进行陌生化，首先很简单，把事件或人物那些不言自明的，为人熟知的和一目了然的东西剥去，使人对之产生惊讶和好奇心。"① 布莱希特在此所说的陌生化同样指将人们习以为常的事物以一种新奇罕见的方式表现出来，以此促使人们重新审视、认识它们。他对陌生化效果的提倡与其对戏剧功能的看法密切相关。本书第二章已经提及，布莱希特强调戏剧的社会作用，认为戏剧不应只娱乐观众，它更应引发观众的思考、使观众受到教育，最终使其产生行动改变社会。布莱希特试图通过陌生化效果来取代西方传统戏剧追求的观众与剧中人物的感情共鸣。在他看来，深陷剧情、与剧中人物产生感情共鸣的观众在感情和认识上只能与剧中人物保持一致，因而无法冷静、客观地对剧中事件进行思考并作出判断；而陌生化手法的作用则在于能够有效地在观众与舞台之间制造距离，阻止观众的感情共鸣，唤醒观众的理智，让他们在剧情之外选择自己的立场、做出正确的判断，并由此产生改变社会的行动。

二、弗里施寓意剧中的陌生化手法

尽管弗里施不认为戏剧具有教育观众和改变世界的社会作用，但反对舞台幻觉、主张戏剧激发观众理性思考的他仍深受布莱希特陌生化理论的影响，并在其寓意剧创作中大量运用了陌生化手法。总体来看，弗里施对布莱希特叙事剧中的陌生化手法既有继承也有发展。一方面，他在其寓意剧中采纳了一些布莱希特运用过的陌生化手法，例如人物脱离角色直接对观众说话、合唱队和歌曲的运用、脱离剧情的其他场面的穿插、荒诞的情节和出人意料或开放式的结局；另一方面，弗里施在运用上述布莱希特叙

① 布莱希特．布莱希特论戏剧［M］．丁扬忠，译．北京：中国戏剧出版社，1992：62.

事剧中的陌生化手法的同时也对其作出了改变，从而使其寓意剧中的陌生化手法呈现出独特性。本节将对弗里施寓意剧中的上述几种陌生化手法进行具体分析。

（一）人物脱离角色直接对观众说话

人物脱离角色直接对观众说话指在戏剧表演过程中，人物脱离情节和角色，变成一个与剧情无关的叙述者进行叙述和议论，或直接与观众交流，使观众清楚地意识到舞台上发生的一切并非真实的生活，从而使其与舞台事件保持距离，并促使其在观剧时以理性思考来代替感情共鸣。这一陌生化手法在布莱希特的某些剧作中有所体现，如在《四川好人》（1942）中，主人公沈黛在第一场就脱离自己的角色交待故事背景并评价剧中其他人物。不过总体来看，该手法在布莱希特的叙事剧中并不常见，但它却是弗里施的寓意剧中运用得最为频繁的陌生化手法，且出现在其早期和中晚期多部寓意剧中。而且相较布莱希特的叙事剧，弗里施的寓意剧中人物脱离角色直接对观众说话的方式也更丰富。根据剧中人物脱离角色直接对观众叙述的内容，弗里施在其寓意剧中对该陌生化手法的运用划分为以下三类：

1. 人物脱离角色叙述、交待背景或往事

在介绍、交待故事背景或往事的方式上，西方传统戏剧通常借助人物之间的对话告诉观众。而弗里施的部分寓意剧则通过剧中人物脱离自己所扮演的角色直接对观众叙述、交待背景或往事，这不仅有助于观众更好地理解剧情，而且也能打破观众的舞台幻觉。该手法在《当战争结束时》中有着突出体现。

在该剧第一幕第一景，女主人公艾格尼丝便作为叙述者向观众交待了该剧的故事背景，描述了第二次世界大战刚结束时她所在的柏林被苏军占领的情形。她如此说：

那曾是一段艰苦的岁月。从早到晚，人们一整天都只能听到战胜国军队行进的脚步声；城市陷落了；敌军兵临城下。阴沉的天空中飘扬着他们（苏军）鲜血一般的旗帜。虽然是五月之春的正午，但是天空却被灰烬和烟雾染得昏暗……①

在该剧第二幕第三景，艾格尼丝一上场便以第三人称叙述了自己此前与苏联军官施蒂凡约会的往事：

昨天艾格尼丝去了户外。当艾格尼丝如同往常一样七点上楼，他（施蒂凡）已经穿好大衣、戴好帽子等着了。施蒂凡弄了辆车，一辆奔驰，然后他们一起出门去了。格鲁内瓦尔德②，柏林湖，松树林的夕阳。他们在万湖湖畔下了车；穿着黑色的舞鞋踩着沙子；他们又坐上一艘小船；艾格尼丝穿着一件长长的晚礼服。太阳落山了，但黄昏的余晖使人觉得暖和，他们就这样在湖面上待了差不多两个小时；艾格尼丝披着他那件沾染了汽油味、烟草味、汗味和油味的大衣。③

2. 人物脱离角色预先告知剧中即将发生的事件

人物脱离角色预先告知剧中即将发生的事件可以消除剧情的悬念和观众观剧时产生的紧张感，以使观众对剧中人物和事件作出更理性的判断。这在《当战争结束时》中也有不少例子。

在该剧第一幕第一景，艾格尼丝在一开场便以叙述者的身份告知观众自己即将做的事。她说：

在一个星期三的早上，艾格尼丝只得离开地下室，因为他们没

① FRISCH M. Gesammelte Werke in zeitlicher Folge: Band Ⅱ Ⅰ [M]. Frankfurt am Main: Suhrkamp Verlag, 1976: 231-232.

② Grunewald，西柏林最大的林区。

③ FRISCH M. Gesammelte Werke in zeitlicher Folge: Band Ⅱ Ⅰ [M]. Frankfurt am Main: Suhrkamp Verlag, 1976: 257.

有水了，小家伙（艾格尼丝的儿子）已经渴得晕了过去。为避免苏军的骚扰，艾格尼丝在头上缠了一块脏抹布，她拿着一个水桶出了门……①

在该景中，当艾格尼丝悄悄送走儿子马丁后，她再次向观众预告马丁此后的死亡命运：

马丁·安德斯，1941 年出生于柏林的策林多夫，最后回顾一下那个周五：他在黄昏中迷了路，又在夜晚的废墟中失去了方向，最后跌进一个谁也听不到他声音的井里，失踪六周之后，他的尸体被一条狗找到，四岁。②

3. 人物脱离角色直接与观众交流

人物脱离角色直接与观众交流也是弗里施部分寓意剧中运用的陌生化手法，根据这些人物与观众交流的内容，本书可进一步将其分为人物脱离角色揣测观众的想法和向观众诉说自身的想法这两种。该手法起到了中断剧情连贯发展的作用，使观众清楚地意识到自己正在看戏，并促使观众对人物说的话作出理性判断。这方面较具有代表性的剧作有《中国长城》和《菲利普·霍兹的愤怒》。

在《中国长城》第十一场，秦始皇在宣布开庭审判反抗自己独裁的民喉并修筑象征权力的长城后，便如此猜测观众的思想：

（秦始皇独自一人，转向观众。）我很清楚你们下面的人在想什么。我不想嘲笑你们的期望。你们在想，就在今天晚上，我就会被从

① FRISCH M. Gesammelte Werke in zeitlicher Folge：Band Ⅱ Ⅰ ［M］. Frankfurt am Main：Suhrkamp Verlag，1976：231-232.

② FRISCH M. Gesammelte Werke in zeitlicher Folge：Band Ⅱ Ⅰ ［M］. Frankfurt am Main：Suhrkamp Verlag，1976：239.

这个宝座上推翻，因为这出戏必须有一个结束和一种含义。当我被推翻之后，你们就可以心安理得地回家，喝上一杯啤酒，吃上一根盐条。你们想得倒好。对你们连同你们的导演，我只能付之一笑。①

《菲利普·霍兹的愤怒》同样出现了上述手法。该剧的主人公在剧中分饰两角，自始至终在作为丈夫的霍兹与对观众说话的主持人之间转换。在剧本的开头，霍兹将妻子锁进衣柜、打包完行李准备开始捣毁住所，之后他立即退出舞台的表演区来到舞台前端将观众当作谈话对象说了下述一段话：

我知道，女士们先生们，您们也是完全站在我妻子一边的。拜托。还有您（指向观众）。我就知道！您一定也认为，这段婚姻……（他点了一支烟）我完全不打算发脾气。（他吞云吐雾）女士们先生们，我不知道多莉跟您们说了些什么……即便是您们，女士们先生们，也会与每个没跟多莉结过婚的人一样倾向于我们调解法官的观点，那就是我们应该试着重新来过……②

此后，霍兹将上门推销家用电器的推销员误当成妻子的姨妈，并对其解释他与妻子离婚的原因。其间他又对台下的（女）观众表达自己的心境。他说：

哦不，我的女士们，我并不嫉妒。请您们不要认为我嫉妒，就因为多莉一直以来和那个在我看来是混蛋的机械制造厂厂长厮混［……］哦不，女士们，不！［……］女士们，我并非一个将妻子视

① 弗里施．弗里施小说戏剧选：下［M］．蔡鸿君，译．合肥：安徽文艺出版社，1993：36-37.

② FRISCH M. Gesammelte Werke in zeitlicher Folge：Band Ⅳ Ⅱ［M］. Frankfurt am Main：Suhrkamp Verlag，1976：S. 419-420.

为自己的所有物的爱斯基摩人。对我来说爱情不是占有。我不能嫉妒，女士们，从根本上来说我不可以嫉妒。①

然而事实上霍兹对妻子的不忠充满了嫉妒，他的上述有违内心真实想法的言论在打断情节连贯发展的同时，还可促使观众对他说的话作出冷静判断，思考其言行不一的本质。

（二）合唱队和歌曲的运用

布莱希特在《三毛钱歌剧》（1928）、《四川好人》（1942）、《高加索灰阑记》（1944）等多部剧作中运用歌曲来制造陌生化效果，其中虽不乏评论性歌曲，但总体来看这些歌曲的叙事性多于评论性。弗里施在其部分寓意剧中也运用了合唱队和歌曲，但与布莱希特不同的是，他在其剧作中安插的歌曲具有更强的评论性。这些歌曲一方面频繁打断情节的连贯发展，破除了观众看戏时产生的紧张感；另一方面，对剧中人物或事件进行评论的唱词又能引导观众更为理智地看待他（它）们，促使观众对其作出冷静的思考和判断。

《俄德兰伯爵》和《毕德曼和纵火犯》中均出现了歌曲（合唱队）的运用。该手法体现得最突出的是后一部剧作，该剧中出现了一个由消防队员组成的合唱队。这支合唱队虽不参与剧情，但他们在表演过程中始终位于舞台上，随时以唱歌的方式中断剧情，并对剧中的人物或事件进行评论，其目的在于引导观众对其进行深入思考。在该剧的序幕，合唱队便对剧中即将发生的事件作了如下评论：

许多情况都有失火的危险。
但并非一切火灾的发生

① FRISCH M. Gesammelte Werke in zeitlicher Folge：Band Ⅳ Ⅱ ［M］. Frankfurt am Main：Suhrkamp Verlag，1976：422，423.

都是命运安排，不可防范。
[……]
哪怕它火焰漫天烧毁城池，
其实也是祸患，并非天灾，
[……]
理智可以避免许多灾祸。
事实确实是这样：
本来是愚蠢和荒唐作祟，
遭了灾祸却责怪命运，
这分明是冤枉了神明的上帝，
对缺乏理智的世人，
也不该用命运来开脱罪责。①

在第二场，毕德曼因对体格威猛的纵火犯施密茨心怀畏惧，不仅未将其逐出家门，而且还殷勤地款待他，对于主人公的这种行为合唱队在此后评论道：

胆怯的人草木皆兵，
看见自己的影子也会吃惊，
任何谣言他一听就信，
他就这样踉踉跄跄、
战战兢兢地度过光阴，
直至灾祸走进他的家门。
[……]
胆怯的人比瞎子还不如，

① 弗里施．弗里施小说戏剧选：下［M］．蔡鸿君，译．合肥：安徽文艺出版社，1993：156-157.

一味盼望来者非祸而是福，
盼望得他浑身都在发抖，
热情接待如逢亲朋好友，
没有能力来进行防卫，
呵，恐惧已使他疲惫，
一心盼望着万事大吉……
直到大祸临头，无法挽回。①

在第三场，毕德曼发现施密茨擅自将其同伙埃森林引进他的家中，并与其一起在阁楼上堆满了汽油桶，但毕德曼不仅未将二人赶出家门，而且还在警察面前包庇他们。对此合唱队作出如下评论：

人具有聪明的头脑，
假如看到了情况
能加以周密思考，
就可以把危险胜操。
如果他愿意的话，
凭借他警觉的神智，
可以及早发现那不幸的征兆。
[……]
这个人靠读报纸预卜吉凶，
每天在早饭桌上
对遥远的事件大发雷霆，
天天用别人的意见和暗示，
来代替自己开动脑筋，

① 弗里施．弗里施小说戏剧选：下［M］．蔡鸿君，译．合肥：安徽文艺出版社，1993：179.

每天在了解昨天的事态，
对自己家里刚刚发生的事情，
却十分迟钝，冥顽不灵——①

在剧本的结尾，纵火犯用毕德曼递上的火柴点燃了导火索，全城变成一片火海，此时合唱队又发表了对这场火灾的看法，他们唱道：

没有意义的事情很多很多，
最无意义的要算这个
[……]
其实每个人早都预见，
到头来大祸仍然没有避免；
是那永远无法清除的愚蠢和荒唐，
它被称为命运不可改变，
是它造成了难以挽救的灾难。②

（三）脱离主要情节的其它场面的穿插

布莱希特在《西蒙娜·马夏尔的梦》（1943）中主要情节的各场之间穿插了与其关联并不紧密的主人公西蒙娜的梦境场面。弗里施同样也在其部分早期和中晚期寓意剧中穿插着一些脱离主要情节的场面。但与布莱希特不同的是，弗里施在其寓意剧中更为频繁地运用这一手法。上述手法可以打断情节的连贯发展，而且还能缓解观众的紧张感，破除观众的感情共鸣，促使其对剧中主要情节进行理性思考。该手法的运用主要见之于

① 弗里施．弗里施小说戏剧选：下［M］．蔡鸿君，译．合肥：安徽文艺出版社，1993：189.

② 弗里施．弗里施小说戏剧选：下［M］．蔡鸿君，译．合肥：安徽文艺出版社，1993：227.

《圣·克鲁兹》《安道尔》和《俄德兰伯爵》。本节仅以最后一部剧作为例稍作分析。

《俄德兰伯爵》的八个主要场面之间安排了审判杀人犯沃尔夫冈的四个场面。例如在该剧第一景，马丁意识到了自身的另一个人格，该景在最后留给观众一个悬念，即他之后是否真的产生了双重人格？他的第二人格又是什么样的？但接下来的第二景却转变成沃尔夫冈在监牢里接受问话的场面，该场面的插入中断了观众在上一场中产生的期待。又如在该剧第五景的最后，转变为俄德兰伯爵的马丁烧掉了质疑者们的屋子，这一景制造出的紧张气氛却被之后第六景沃尔夫冈在监牢中的独白场面消解。在第七景，被第二人格支配的主人公因出逃计划失败在公共场合引发暴力事件，而该景情节的后续发展又被第八景表现的赦免杀人犯沃尔夫冈一事所取代。这些被安插在八个主要场面之间的有关沃尔夫冈的场面与该剧描述马丁双重人格问题的主要情节并无太大关联，这能有效地使观众与舞台上的一切保持距离，促使他们思索主人公双重人格产生的原因及其本质。

（四）荒诞的情节和出人意料或开放式的结局

布莱希特对其某些剧作的情节或结局作了陌生化处理。如他在《高加索灰阑记》中就安排了荒诞的情节。玩世不恭的乡村文书阿兹达克阴差阳错地成为了大法官，在法庭上他还公然索取贿赂，但看似胡作非为的阿兹达克实际上却又在审判中扶危济贫。在《三毛钱歌剧》则可看到出人意料的结局：罪恶多端、被处以绞刑的强盗头子麦基不仅获得了女王的特赦，还被赐予了贵族头衔，并获得了可观的封地和年金。《大胆妈妈和她的孩子们》（1939）的结局则是开放式的，试图发战争财的女主人公因战争失去了自己所有的孩子后仍独自拉着做买卖的篷车跟随军队上路，不知前路如何。弗里施也对其部分寓意剧的情节和结局作了同样的处理，即安排了荒诞的情节、出人意料或开放式的结局；但相较于布莱希特的叙事剧，弗里施寓意剧情节的荒诞性更强。从接受效果来看，荒诞的情节和出人意料、开放式的结局能使观众感到惊异，并激发观众透过剧情表象思考、认识其本质特征。

弗里施通过对情节的荒诞化处理来制造陌生化效果的寓意剧有《中国长城》《俄德兰伯爵》《毕德曼和纵火犯》以及《传记》。在《中国长城》第一场，拿破仑、哥伦布、腓力二世、左拉等历史人物以及罗密欧、朱丽叶等文学作品中的虚构人物被邀请到中国南京参加秦始皇举办的盛大庆典。这些来自不同国家、不同时代、真实的或虚构的人物不仅出现在同一个舞台上，而且他们还在第一场和第三场与来自现代社会的“现代人”探讨处于独裁统治并受到核武器战争威胁的人类的未来。这些杂糅众多历史人物和虚构人物、看似荒唐离奇的情节在使观众感到新奇和惊讶之余，还可促使其认识到极权和战争将导致人类文明停滞不前，甚至倒退。从整体来看，《俄德兰伯爵》的剧情也是荒诞不经的：主人公马丁在精神失常、产生新的人格后目无章法并大开杀戒，然而他的行为非但未引起公愤，反而受到众人拥护。不仅如此，这位双重人格者的出现还引发了群众的武装起义，甚至还导致总统下台，最终主人公所在的国家将由马丁这样一位精神失常者来统治。该剧有违常理的情节无疑可引发观众对世界的荒诞本质的思考。《毕德曼和纵火犯》的剧情虽不像上述两部剧作那样带有明显的荒诞色彩，但其情节发展也有着不合常理之处：主人公毕德曼害怕引火烧身、一心自保，但却对在自家筹备和实施纵火的纵火犯一步步妥协，最后甚至为他们递上了点燃引火线的火柴，彻底变成一个共犯。上述剧情显然不易将观众卷入剧情，而是使他们在观剧时成为冷静的旁观者，从而对主人公及其所在城市的火灾悲剧进行深入思考。《传记》的主人公库尔曼则不仅获得了重返过去的机会，而且有意改变过去的他还不停地重蹈覆辙，让自己的人生反复以同样的方式走向同样的结局。该剧具有一定荒诞性的情节可使观众与主人公保持距离，并激发观众透过库尔曼重复的人生理解作者传达的人生观，即人和人生是难以改变的。

《当战争结束时》和《唐璜或对几何学的爱》则分别被安排了开放式和出人意料的结局。《当战争结束时》不仅没有在最后给霍斯特夫妇之间感情危机的结果作出一个明确交待，而且该剧在霍斯特走出地下室向施蒂凡上校表明身份后便戛然而止。这一开放式的结局能够激发观众思考霍斯特夫妇关系异化的本质，并猜想他们此后关系的变化。在《唐璜或对几何学的爱》中，为摆脱女人纠缠煞费苦心的唐璜在几经努力后居然沦为婚姻的阶下囚，最终仍未能逃出女人的束缚。剧中主人公自我寻找失败的结局是出人意料的，而它也在一定程度上使观众意识到，自我寻找的失败亦为现代西方人无法逃避的现实。

第四节 其他较具代表性的表现手法

本节将对弗里施早期和中晚期寓意剧中较具代表性的几种表现手法——象征、暗示、滑稽讽刺模仿和对比——予以分析，其中前三种在西方现代和后现代戏剧中也得到了普遍运用。

一、象征

作为文学创作表现手法之一的象征指借助具体的事物来指代抽象的概念或思想。按照《辞海》中的定义，象征是“通过某一特定的具体形象来暗示另一事物或某种较普遍的意义，利用象征物与被象征的内容在特定经验条件下的类似和联系，使后者得到具体直观的表现。”① 根据用来象征的具体事物的类型，可将象征手法分为人物象征、物体象征、背景象征等，它们分别指在作品中借助人物形象、实在的有形物质、某种特定的环境或景象来表达某种抽象的事物。象征手法使被象征的对象在文学作品中含蓄而又形象地表现出来，因此该手法相对应地具有以下作用：1. 加深作品的寓意和内涵，激发接受者的联想；2. 将不可见的事物通过可见的形象进行表现，增强作品的视觉效果。在戏剧创作中，象征手法常常见之于重视表现主观、抽象思想并强调舞台效果的西方现代和后现代戏剧。

弗里施寓意剧中的象征以背景象征和物体象征为主，这在《中国长

① 辞海编辑委员会．辞海：第4册［M］．上海：上海辞书出版社，1989：2508.

城》《俄德兰伯爵》以及《传记》中均有所体现。如《中国长城》中的长城作为布景一直出现在舞台上，该剧序幕的舞台提示就明确写道："背景上清楚地映出中国长城。"① 但这一背景并非指现实世界中的中国长城，而是一种明显的象征。剧中秦始皇为了巩固自己的独裁统治、满足自己统治世界的野心不惜残暴地压榨百姓并滥用人力物力来修建万里长城，并借此积极对外侵略扩张。因此这里的长城不再是一个单纯用来抵御外敌、保护国民安全的建筑，而是暴政和独裁的象征。《俄德兰伯爵》展现了马丁从恪守职守的检察官人格中分裂出一个目无章法的残暴人格，并在其支配下为摆脱规章制度的束缚而展开血腥反抗。人格转换后的主人公时刻都携带着一把锋利的斧子（道具），它既象征着暴力也象征着人的反抗意志。马丁用斧子砍死了无数阻碍他追求绝对自由的人，并因此被视为制度的反叛者，从而获得大批拥护者，他的斧子也被当作其标志成为畅销的商品。《传记》表现的是库尔曼不断回到过去试图改变自己的人生，但经历多次尝试后仍重蹈覆辙。在该剧第一部分，库尔曼为改写人生而反复重回过去的过程中均出现一个八音盒（道具），这个只会机械地演奏同一首歌曲的八音盒象征着主人公不断重复的人生。剧中库尔曼的妻子安托瓦妮特也对这一象征意义作了说明。在该剧的第一部分开场，库尔曼在登记员的帮助下第一次重返与安托瓦妮特相识的夜晚，她以兴奋的语气对库尔曼如此解释自己迟迟不肯离去的原因："我就是想再看看您那陈旧的八音盒。八音盒让我着迷：只要它一响，就会看到永远做着一样动作的人偶，而且永远都是同一首华尔兹。"②

二、暗示

作为一种文学表现手法，暗示与以上探讨的象征有一定程度的相似

① 弗里施．弗里施小说戏剧选：下［M］．蔡鸿君，译．合肥：安徽文艺出版社，1993：2.

② FRISCH M. Gesammelte Werke in zeitlicher Folge：Band Ⅴ Ⅱ［M］. Frankfurt am Main：Suhrkamp Verlag，1976：485.

性，它们都具有借助某一种事物影射另一种事物的特征。但不同于象征的是，暗示并非一定借助具体的事物来传达某种含义，它一般通过含蓄的语言或非语言的手段（如表情、手势、动作、环境、气氛等）来预示人物的命运、情节的发展或结局。暗示手法能够起到烘托气氛、调动接受者的联想和想象的作用。如同象征手法一样，该手法同样常见于注重主观和抽象表达、主张观众的积极参与的西方现代和后现代戏剧。

在弗里施的寓意剧中还有不少暗示手法的运用。例如在《圣·克鲁兹》的序幕，作者通过安插两名掘墓工的对话来暗示佩莱格林的死亡结局。来到上尉领地的佩莱格林在酒馆里从老板娘处得知旧情人艾尔维拉是这里的上尉夫人，并回忆起了17年前自己与她的情史。当他决定去城堡拜访她，离开酒馆后，两名掘墓工上场讲述他们早上挖了一个新的坟墓，其中一个掘墓工还提到这是他从业以来挖的第17个坟墓。掘墓工这里提到的17个坟墓让人联想到此前回忆17年前往事的佩莱格林，而两名掘墓工的对话则预示了之后他在此地的死亡。《唐璜或对几何学的爱》的第一幕中也有一个起到暗示作用而反复出现的细节。逃婚的唐璜在贡扎洛城堡的花园里碰到好友罗德里戈，并向其解释自己对同女人的爱情深感困惑。在他们交谈的过程中花园里的一只雄性孔雀不断发出向雌性孔雀求偶的叫声，这无疑暗示了主人公此后与女人纠缠不休的人生历程。在《毕德曼和纵火犯》的第六场，施密茨和同党埃森林向毕德曼夫妇讲述其以往的经历时，暗示他们是纵火犯。他们同毕德曼夫妇共进晚餐时谈到自己的工作经历，并指出各自之前打工的地方最后无一例外都化成了灰烬。虽然二人并未直接承认自己是这些火灾的罪魁祸首，但他们的说辞已经含蓄地表明其真实身份以及过去的罪行。在该剧的第五场，毕德曼给死去的员工克奈希特林寄送的花圈阴错阳差地寄到他自己家中，甚至连花圈飘带上的落款也错误地印成："献给我们永远怀念的哥特利普·毕德曼"①。这段插曲也暗示了

① 弗里施．弗里施小说戏剧选：下［M］．蔡鸿君，译．合肥：安徽文艺出版社，1993：208.

毕德曼之后的死亡。《安道尔》的第一场也出现了对主人公命运的暗示。该场教师与木匠和店主谈论安道尔广场上立起的一根缠有粗麻绳的处刑柱，而这根柱子是黑衫军用来公开处决犹太人的，它预示着被当作犹太人的安德里剧终时的死亡命运。

三、滑稽、讽刺、模仿

根据德语《梅茨勒文学百科词典》中的解释，滑稽讽刺模仿是“一种为达到滑稽效果而进行变形改写的互文性手法”①。这种手法通过在作品中借用其他作品的素材或是历史人物的原型进行二次创作，在一定程度上保留原作、原型的内容或形式的同时，添加与原作或原型截然不同的元素，使其与原作或者原型之间产生某种矛盾或反差，从而使原作或原型显得滑稽可笑，并产生讽刺效果。虽然滑稽讽刺模仿是基于对原作或原型的模仿而进行的再创作，但它的重点并非只停留在模仿上，而是强调对原作或原型的改写、变形和讽刺，因此该手法多出现在倾向于对传统和经典进行颠覆和解构的西方后现代文学（包括戏剧）中。

尽管弗里施不属于后现代作家，但他在创作寓意剧时也运用了滑稽讽刺模仿手法，这在《唐璜或对几何学的爱》中表现得最为明显。弗里施在该剧中对西方传统文学中以风流好色著称的唐璜进行了二次创作，创造出一个与原型完全不同的唐璜形象。唐璜的原型源于 14 世纪的西班牙传说。在传说中他是西班牙塞维利亚的一个贵族，生性放荡不羁，以玩弄、诱骗女人为乐，甚至还对反抗他的女人痛下杀手。由于受到国王的庇护，他从未受到过惩戒。有一天唐璜奸污了骑士团首领贡扎洛的女儿安娜，愤怒的贡扎洛向其提出决斗，但他却死在了唐璜的剑下。贡扎洛的部下们为了替首领报仇杀死了唐璜。有关唐璜最后的下场存在着多个版本。在其中一个版本中，与贡扎洛决斗完后的唐璜拿贡扎洛取乐，邀请一尊贡扎洛的石像

---

① SCHWEIKLE G, SCHWEIKLE I. Metzler Lexikon Literatur [M]. Stuttgart: J. B. Metzler Verlag, 2007: 572.

共进晚餐，而赴宴的石像则将他拉进了地狱；在另一个版本中，唐璜为了满足情欲将自己的灵魂出卖给魔鬼，但他最后又幡然悔悟，在修道院里度过余生。在17至19世纪，西方出现了一些将传说中的唐璜作为素材的剧作，如西班牙剧作家加布里埃尔·特列斯（1579—1648年）的《塞维利亚的登徒子，又名石客》（1630），法国剧作家莫里哀的《唐璜》（1665）等。这些剧作基本上是忠于历史传说中唐璜的形象及其所作所为创作的。而与上述传统戏剧不同的是，《唐璜或对几何学的爱》则对唐璜的历史原型进行了滑稽讽刺模仿，改写了有关他的历史素材，描写了一个颠覆性的唐璜形象。该剧中的唐璜虽然在自我迷失后徘徊在多个情妇之间，但他实则是一个对女人并无兴趣且酷爱几何学的知识分子。此外，该剧还对唐璜传说中的事件进行了滑稽讽刺模仿：原本是唐璜遭报应而被拉下地狱的事件被改写成其自导自演的一出戏，因为他希望通过假死来摆脱女人们的纠缠。传说中唐璜逃离尘世在修道院度过余生的结局则在该剧中被改写为：他不仅被囚禁在同米兰达的婚姻中，而且还成为了父亲并最后在米兰达的城堡里度过余生。

四、对比

作为一种文学表现手法，对比指“把彼此之间互相对立的人物、事件或同一人物、事件的两个截然相反的方面对照起来进行描写”①。这种将矛盾对立或具有强烈差异的两个对象安插在一起进行比较的表现手法具有强化矛盾冲突，突出人物或事物的本质，渲染气氛，增强作品的艺术感染力等作用。这也是一种在文学作品中被普遍运用的手法。

弗里施在部分寓意剧中也运用了这一表现手法。例如《圣·克鲁兹》对上尉与佩莱格林这两个人物就作了许多对比式描写。首先，二人的生活环境存在着巨大反差。上尉生活在一个终年下雪之地，恶劣的严寒气候还夺走了当地无数人的生命；而与之形成反差的是，浪迹天涯的佩莱格林则

① 孙家富，张广明．文学词典［M］．武汉：湖北人民出版社，1983：25.

常年生活在阳光普照、生机勃勃的岛屿上。其次，二人的生活方式与生活状态也极具对比性。上尉虽然富有、养尊处优，但他的生活是枯燥的，因为他被禁锢在城堡里，其全部生活就是履行作为领主、丈夫以及父亲需要承担的各种职责和义务。与之形成对比的是，佩莱格林虽然一贫如洗，加之风餐露宿的生活还使他最后染上不治之症，但他却度过了惊险刺激的一生，因为他的全部生活是摆脱一切束缚追求自由。再次，上尉与佩莱格林所表现出的性格特征也是对立的。上尉富有责任心，对爱情和婚姻是忠贞的；然而佩莱格林却毫无责任感，散漫自由，他对待爱情的态度也是玩世不恭的。根据第三章有关上尉与佩莱格林的分析可知，他们二人在过着各自的生活的同时，又互相渴望对方的生活。作者通过对这两个人物的对比式描写使其内心的分裂和矛盾表现得更突出。《当战争结束时》的女主人公艾格尼丝对待丈夫霍斯特与对待苏联军官施蒂凡的态度亦形成了鲜明对比。艾格尼丝虽然同霍斯特蜗居地下室朝夕相处，但她却与丈夫毫无交流；而她每晚上楼同施蒂凡约会时却兴致勃勃，在二人语言不通的情况下艾格尼丝仍对施蒂凡有说不完的话，而且她还在与施蒂凡短暂相处后便向其表达了爱意。该剧许多场景将女主人公对待丈夫的冷漠态度与对待苏联军官的热烈态度交叉表现，以此凸显霍斯特夫妇关系的恶劣。弗里施在刻画《毕德曼和纵火犯》的主人公毕德曼时也运用了对比手法。在该剧的第一场，毕德曼对登门强行借宿的施密茨表现得格外仁慈与友善，并用美食美酒款待他。而与此同时，他却以极其冷酷无情的态度对待为自己工作多年的雇员克奈希特林：毕德曼不仅在没有充分理由的情况下解雇了克奈希特林，还让上门求情的他吃了闭门羹。该场将主人公对登堂入室的纵火犯的殷勤以及对登门求见的老雇员的绝情同时展现，充分描绘了他虚伪、胆怯、鼠目寸光的小市民本质。

结　语

在对弗里施的寓意剧作了以上研究之后，本书有必要对其戏剧思想、其寓意剧的内容、主题和人物形象以及艺术特征作一简要总结。

在文学或戏剧与现实的关系的问题上，亦即文学或戏剧的本质问题上，弗里施强调其不是对现实的纯粹再现，并认为戏剧不模仿现实世界，而是以表演的形式通过对从现实存在中提取的素材进行变形（艺术加工）来阐释世界。这一观点的形成与作者对现实世界和语言的看法有关。因为在他看来，现实世界是不可模仿、不可描述的，而且他还怀疑语言的功能，认为语言并不具备描绘现实、表达人的思想和感情的能力。在对戏剧功能的探讨中，弗里施持有审美、娱乐与思考并重的立场；虽然他并未完全否认戏剧的社会作用，并主张剧作家应有社会担当，但他并不赞同布莱希特所提出的戏剧应教育观众和改变世界的观点。弗里施之所以反对布莱希特的上述观点，是因为他深受第二次世界大战之后流行于西方社会的存在主义哲学思潮的影响，对于世界的现状及其是否能够改变持悲观态度。

在其戏剧思想的影响下，弗里施的寓意剧不再现现实世界，而是借助虚构的模型来阐释世界，具有较强的隐喻性。因此它们包含着两部分内容，即虚构出来的、观众可以直接观看的故事（表层内容）以及通过比喻被寄予在情节之下的抽象道理或哲理（深层主题）。这显然能起到激发观众的理性思考、提高其对现实世界的认识的作用。

弗里施的早期寓意剧《他们又歌唱了》和《当战争结束时》在表层内容上对现实（第二次世界大战）有着较为明显的影射。在深层主题方面，作者的早期寓意剧均呈现出哲理性和多义性较突出的特点，它们主要描绘战争和极权主义，并且揭示现代西方社会中人或人与人之间关系的异化。前者为弗里施早期寓意剧的表现重点，在《他们又歌唱了》《当战争结束时》和《中国长城》中有所体现，后者为作者这一时期寓意剧初步探讨的主题，主要见之于《圣·克鲁兹》和《当战争结束时》。弗里施早期寓意剧中的人物形象可分为：一、战争中的侵略者和无辜受难者以及极权社会中的统治者，如《他们又歌唱了》中残忍的纳粹军官赫伯特，尚存人性和良知的纳粹士兵卡尔，战争中无辜受难的卡尔一家以及《中国长城》中独裁、残暴、野心勃勃的统治者；二、人格分裂的人，这方面的代表人物为《圣·克鲁兹》中的上尉和流浪艺人佩莱格林；三、关系畸形的夫妻，如《当战争结束时》中的霍斯特夫妇。由于弗里施创作早期寓意剧时正处于由法西斯德国所挑起的第二次世界大战的末期至其结束后初期，加之作者本人在第二次世界大战期间在瑞士军队服役，他在《他们又歌唱了》《中国长城》和《当战争结束时》所表现的与战争有关的内容、主题和人物形象，实际上是其在对现实世界进行艺术加工和思考的基础上产生的，并且还受到了其从军经历的影响。此外，在撰写早期寓意剧时，弗里施主要从事建筑师的工作，尚未正式成为职业作家，同时他还身陷与第一任妻子康斯坦泽的婚姻危机。因此，《圣·克鲁兹》所展示的人生苦难以及两个人格分裂的人物形象，在一定程度上亦反映了作者在该时期物质生活需求与精神追求之间分裂的亲身感受，及其因在作家与建筑师的职业抉择中摇摆不定而陷入的内心矛盾。《当战争结束时》所刻画的关系畸形的夫妻也或多或少反映了弗里施与第一任妻子貌合神离的婚姻生活。

相较于其早期寓意剧，弗里施的中晚期寓意剧在表层内容上具有更为明显的虚构性和隐喻性；在深层主题方面，上述剧作既对作者的早期寓意剧有所延续也与之有差异：它们不仅与弗里施的早期寓意剧一样具有哲理性、多义性较突出的特点，而且还继续探讨了作者早期寓意剧中已经出现的主题，即战争和人的异化问题；但与其早期寓意剧相比，作者中晚期寓意剧的哲理性更强，而且更为集中地表达了其世界观和人生观。上述剧作的深层主题大致可分为：一、表现第二次世界大战和反犹太主义。这类主题为作者早期寓意剧的表现重点，其中晚期寓意剧中仅有《毕德曼和纵火犯》和《安道尔》对此有所涉及；二、表现人或人与人之间关系的异化。作者的早期寓意剧已对这一问题作了初步探讨，其中晚期寓意剧则对此作了重点描绘，这主要见之于《俄德兰伯爵》《唐璜或对几何学的爱》《安道尔》以及《菲利普·霍兹的愤怒》；三、表现世界、人生的无法改变及世界的荒谬。这在《传记》和《俄德兰伯爵》中有着突出体现。弗里施中晚期寓意剧中的人物主要为：一、小市民和失败的自我改造者，如《毕德曼和纵火犯》中的毕德曼以及《传记》中的库尔曼；二、异化的人，这方面的代表为《俄德兰伯爵》中具有双重人格的马丁，《唐璜或对几何学的爱》中迷失了自我的唐璜，《安道尔》中呈现出自我认知障碍特征的安德里，《菲利普·霍兹的愤怒》中关系异化的霍兹夫妇。作者之所以在其中晚期寓意剧中表现上述内容、主题和人物形象也与其创作这些剧作时所处的现实世界、其对现实世界的思考和认识（包括对历史的反思）及其个人经历有着千丝万缕的联系。在弗里施撰写中晚期寓意剧的 20 世纪 50 至 60 年代，西方资本主义国家的经济和科技迅猛发展，而人的异化已成为此时西方社会更普遍的现象，与此同时西方社会还处于第二次世界大战后存在主义思潮的影响中。此时的弗里施也已正式成为职业作家，并处于思想和艺术上的成熟期；此外，他在这段时期还因与异性的复杂关系而与第一任妻子离婚。作者之所以在《毕德曼和纵火犯》和《安道尔》中描写涉及第二次世界大战和反犹太主义的内容、主题和人物，主要源于他对这场战争和反犹太主义的影射和反思；继早期寓意剧《圣·克鲁兹》《他们又歌唱了》和《中国长城》之后，作者在其中晚期寓意剧《俄德兰伯爵》和《传记》中更为集中地表达了自己有关世界和人生的悲观思想，原因在于受到了存在主义哲学思潮的影响。而《俄德兰伯爵》《唐璜或对几何学的爱》《安道尔》以及《菲利普·霍兹的愤怒》之所以刻画异化的人并更为突出地展示人或人与人关系异化，是由于作者试图以此揭示其身处时代的现实问题，即自 20 世纪中期起西方社会更严重的人的异化现象。弗里施中晚期的部分剧作在一定程度上也对其个人经历有所反映：从《唐璜或对几何学的爱》

的主人公形象中可看出作者对自己与异性的混乱关系及其欲逃离婚姻生活的愿望的描写，《菲利普·霍兹的愤怒》中关系疏离扭曲的霍兹夫妇则或多或少折射出作者本人和妻子康斯坦泽之间的关系，而《传记》中的库尔曼又带有某种自传性特征。

弗里施的早期和中晚期寓意剧还呈现出独特的艺术特征。首先，上述剧作与其他西方现代派剧作一样采用了反传统的情节结构，这主要体现为大跨度的时空转换、时空交错以及松散的情节结构。这种情节结构不仅突破了传统西方戏剧在反映生活范围方面所受的限制，能够多层次、多角度地展现现实生活，而且还可使人物的内心世界得到更为深入的表现。在接受效果方面，上述反传统的情节结构能够在很大程度上破除观众的感情共鸣，从而为观众在观剧时保持清醒的理性思考提供了可能。其次，弗里施的早期和中晚期寓意剧的人物刻画均采用了类型化而非典型化的方式，其主要特征在于人物形象并非血肉饱满，而是彰显了某一类型的人或群体的共性；从接受效果来看，观众很难在感情上与这些人物完全融合。再次，深受布莱希特影响的弗里施还在其早期和中晚期寓意剧中大量运用了陌生化手法，以此进一步打破观众在观剧过程中可能产生的感情共鸣，促使观众进行理性思考。作者虽然借鉴了一些布莱希特运用过的陌生化手法，如人物脱离角色直接对观众说话、歌曲的运用、脱离剧情的其他场面的穿插、荒诞的情节和出人意料的或开放式的结局，但他在运用上述手法时也对其进行了改变，从而使其寓意剧中的陌生化手法呈现出独特性。最后，与西方现代和后现代戏剧类似，象征、暗示、滑稽讽刺模仿等表现手法在弗里施的早期和中晚期寓意剧中也频频出现。

尽管本书尝试对弗里施的寓意剧进行较为全面、深入、细致的研究，但囿于笔者的学识和能力，书中难免存在许多不足之处。因此笔者希望本书在一定程度上填补国内外弗里施戏剧研究的空白的同时，还能够起到抛砖引玉的作用。

参考文献

[1] AHLHEIM K. Meyers Grosses Universal Lexikon in 15 Bänden: Band 4 Do-Fd [M]. Mannheim: Bibliographisches Institut AG, 1981: 362-370.

[2] ALLKEMPER A, EKE N. Deutsche Dramatiker des 20. Jahrhunderts [M]. Berlin: Erich Schmidt Verlag, 2002: 334-354.

[3] ASMUTH B. Einführung in die Dramenanalyse [M]. Stuttgart: J. B. Metzler, 2009: 62-101.

[4] BECKERMANN T. Über Max Frisch I [M]. Frankfurt am Main: Suhrkamp Verlag, 1977: 69-286.

[5] BRAUNECK M, SCHNEILIN G. Theaterlexikon 1, Begriffe und Epoche, Bühnen und Ensembles [M]. Hamburg: Rowohlt Verlag, 2007: 306-771.

[6] BROCKHAUS F. Der Grosse Brockhaus in 26 Bänden: Band 20 [M]. Wiesbaden: F. A. Brockhaus, 1984: 45-68.

[7] DURZAK M. Dürrenmatt, Frisch, Weiss Deutsches Drama der Gegenwart zwischen Kritik und Utopie [M]. Stuttgart: Philipp Reclam Verlag, 1972: 145-242.

[8] FRISCH M. Gesammelte Werke in zeitlicher Folge: Band Ⅰ Ⅰ [M]. Frankfurt am Main: Suhrkamp Verlag, 1976: 5-224.

[9] FRISCH M. Gesammelte Werke in zeitlicher Folge: Band Ⅱ Ⅰ [M]. Frankfurt am Main: Suhrkamp Verlag, 1976: 5-346.

[10] FRISCH M. Gesammelte Werke in zeitlicher Folge: Band Ⅱ Ⅱ [M]. Frankfurt am Main: Suhrkamp Verlag, 1976: 351-750.

[11] FRISCH M. Gesammelte Werke in zeitlicher Folge: Band Ⅲ Ⅰ [M]. Frankfurt am Main: Suhrkamp Verlag, 1976: 5-357.

[12] FRISCH M. Gesammelte Werke in zeitlicher Folge: Band Ⅲ Ⅱ [M]. Frankfurt am Main: Suhrkamp Verlag, 1976: 781-836.

[13] FRISCH M. Gesammelte Werke in zeitlicher Folge: Band Ⅳ Ⅰ [M]. Frankfurt am Main: Suhrkamp Verlag, 1976: 205-274.

[14] FRISCH M. Gesammelte Werke in zeitlicher Folge: Band Ⅳ Ⅱ [M]. Frankfurt am Main: Suhrkamp Verlag, 1976: 275-571.

[15] FRISCH M. Gesammelte Werke in zeitlicher Folge: Band Ⅴ Ⅱ [M]. Frankfurt am Main: Suhrkamp Verlag, 1976: 321-582.

[16] FRISCH M. Gesammelte Werke in zeitlicher Folge: Band Ⅵ Ⅰ [M]. Frankfurt am Main: Suhrkamp Verlag, 1976: 5-404.

[17] FRISCH M. Gesammelte Werke in zeitlicher Folge: Band Ⅵ Ⅱ [M]. Frankfurt am Main: Suhrkamp Verlag, 1976: 471-784.

[18] FRISCH M. Max Frisch Stichworte [M]. Frankfurt am Main: Suhrkamp Verlag, 1985: 7-249.

[19] FRISCH M. Schweiz als Heimat? Versuche über 50 Jahre [M]. Frankfurt am Main: Suhrkamp Verlag, 1990: 11-581.

[20] FRISCH M. Jetzt ist Sehenszeit. Briefe, Notate, Dokumente 1943-1963 [M]. Frankfurt am Main: Suhrkamp Verlag, 1998: 205-211.

[21] FRISCH M, Dürrenmatt F. Max Frisch Friedrich Dürrenmatt Briefwechsel [M]. Zürich: Diogenes Verlag AG, 1998: 1-166.

[22] GREINER N, HASLER J, KURZENBERGER H. Einführung ins Drama Handlung, Figur, Szene, Zuschauer: Band 1 [M]. München: Carl Hanser Verlag, 1981: 13-175.

[23] GREINER N, HASLER J, KURZENBERGER H. Einführung ins Drama Handlung, Figur, Szene, Zuschauer: Band 2 [M]. München: Carl Hanser Verlag, 1981: 11-191.

[24] JURGENSEN M. Max Frisch Die Dramen [M]. Bern: Francke Verlag, 1976: 9-129.

[25] KARASEK H. Max Frisch [M]. München: Deutscher Taschenbuch Verlag, 1984: 50-121.

[26] KNOPF J, FREUND W, SCHMITZ W. Interpretationen Dramen des 20. Jahrhunderts: Band 2 [M]. Stuttgart: Philipp Reclam Verlag, 1996: 45-108.

[27] LANGEMEYER P. Dramentheorie Texte vom Barock bis zur Gegenwart [M]. Stuttgart: Philipp Reclam Verlag, 2011: 457-508.

[28] MAYER H. Max Frisch Andorra Text und Kommentar [M]. Frankfurt am Main: Suhrkamp Verlag, 2013: 136-158.

[29] MEYER J. Meyers Enzyklopädisches Lexikon in 25 Bänden: Band 21 [M]. Mannheim: Bibliographisches Institut AG, 1970: 540-546.

[30] MEYER J. Meyers Grosses Taschenlexikon in 24 Bänden: Band 20 [M]. Mannheim: Bibliographisches Institut AG, 1987: 92-98.

[31] MENNENMEIER F. Modernes Deutsches Drama Kritiken und Charakteristiken: Band 2 1933 bis zur Gegenwart [M]. München: Wilhelm Fink Verlag, 1975: 160-179.

[32] NEIS E. Erläuterungen zu Max Frisch Die Chinesische Mauer [M]. Hollfeld: C. Bange Verlag, 1981: 3-50.

[33] SCHALK A. Das moderne Drama [M]. Stuttgart: Philipp Reclam Verlag, 2004: 64-68.

[34] SCHÜTT J. Max Frisch Biographie eines Aufstiegs 1911-1954 [M]. Frankfurt am Main: Suhrkamp Taschenbuch Verlag, 2011: 19-500.

[35] SCHWEIKLE G, SCHWEIKLE I. Metzler Lexikon Literatur [M]. Stuttgart: J. B. Metzler, 2007: 513-572.

[36] WEIDERMANN V. Max Frisch Sein Leben, seine Bücher [M]. Köln: Verlag Kiepenheuer & Witsch, 2010: 15-403.

[37] ZIMMERMANN A. Max Frisch Dossier [M]. Bern: Zytglogge Verlag, 1981: 8-124.

[38] 阿尔德伯特，加亚尔，德尚．欧洲史［M］．蔡鸿滨，桂裕芳，译．海口：海南出版社，2000：452-455.

[39] 阿洛伊，雷斯金德．变态心理学［M］．汤震宇，岳鹤飞，译．上海：上海社会科学学院出版社，2005：265-266.

[40] 柏拉图．文艺对话集［M］．朱光潜，译．北京：人民文学出版社，1997：76.

[41] 布莱希特．布莱希特论戏剧［M］．丁扬忠，李健鸣，译．北京：中国戏剧出版社，1990：62-136.

[42] 布莱希特．布莱希特戏剧集：第3册［M］．张黎，许洁，李建鸣等，译．合肥：安徽文艺出版社，2000：119-188.

[43] 布莱希特．大胆妈妈和她的孩子们［M］．孙凤城，译．上海：上海译文出版社，2011：1-154.

[44] 布莱希特．高加索灰阑记［M］．张黎，译．上海：上海译文出版社，2011：1-161.

[45] 布莱希特．三毛钱歌剧［M］．张黎，译．上海：上海译文出版社，2011：1-151.

[46] 布莱希特．四川好人［M］．丁扬忠，译．上海：上海译文出版社，2011：1-183.

[47] 布莱希特．戏剧小工具篇［M］．张黎，丁扬忠，译．北京：北京师范大学出版社，2015：1-134.

[48] 辞海编辑委员会．辞海：文学分册［M］．上海：上海辞书出版社，1984：7.

[49] 辞海编辑委员会．辞海：第4册［M］．上海：上海辞书出版社，1989：2508.

[50] 丁建弘．德国通史［M］．上海：上海社会科学院出版社，2002：385-420.

[51] 董健，马俊山．戏剧艺术十五讲：修订版［M］．北京：北京大学出版社，2006：1-315.

[52] 方维规．20世纪德国文学思想论稿［M］．北京：北京大学出版社，2014：310-341.

[53] 傅道彬，于茀．文学是什么［M］．北京：北京大学出版社，2002：1-154.

[54] 弗里施．弗里施小说戏剧选：下［M］．蔡鸿君，任庆莉，马文涛等，译．合肥：安徽文艺出版社，1993：1-335.

[55] 弗里施．施蒂勒［M］．许昌菊，译．重庆：重庆出版社，2008：160-353.

[56] 弗里施．蒙托克［M］．桂乾元，译．重庆：重庆大学出版社，2011：1-219.

[57] 弗洛伊德．自我与本我［M］．车文博，译．长春：长春出版社，2004：108-135.

[58] 弗洛伊德．精神分析引论［M］．张堂会，译．北京：北京出版社，2007：102-103.

[59] 郭宏安，章国锋，王逢振．二十世纪西方文论研究［M］．北京：中国社会科学出版社，1997：1-15.

[60] 韩秋红，王艳华，庞立生编著．现代西方哲学概论：从叔本华到罗蒂［M］．北京：北京大学出版社，2010：33-186.

[61] 韩瑞祥，马文涛．20世纪奥地利瑞士德语文学史［M］．青岛：青岛出版社，1998：110-150.

[62] 韩耀成．德国文学史：第4卷［M］．南京：译林出版社，2008：260-265.

[63] 江光荣．人性的迷失和复归：罗杰斯的人本心理学［M］．武汉：湖北教育出版社，2001：84-93.

[64] 李昌珂．德国文学史：第5卷［M］．南京：译林出版社，2008：114-121.

[65] 刘放桐主编．新编现代西方哲学［M］．北京：人民出版社，2000：332-485.

[66] 刘新明．变态心理学导论［M］．合肥：合肥工业大学出版社，2011：136-138.

[67] 孟昭兰主编．普通心理学［M］．北京：北京大学出版社，1994：474-642.

[68] 普菲斯特．戏剧理论与戏剧分析［M］．周靖波，李安定，译．北京：北京广播学院出版社，2004：226-228.

[69] 佘江涛，张瑞德，罗红编译．西方文学术语辞典［M］．郑州：黄河文艺出版社，1989：400-401.

[70] 史忠植．认知科学［M］．合肥：中国科学技术大学出版社，2008：480-481.

[71] 舒新城主编．辞海［M］．上海：上海辞书出版社，1999：15.

[72] 孙家富，张广明主编．文学词典［M］．武汉：湖北人民出版社，1983：9-25.

[73] 孙喜林，荣晓华．现代心理学教程［M］．大连：东北财经大学出版社，2000：257-338.

[74] 索绪尔．普通语言学教程［M］．高名凯，译．北京：商务印书馆，1980：147-148.

[75] 谭霈生主编．戏剧鉴赏［M］．北京：高等教育出版社，2004：1-195.

[76] 亚里斯多德．诗学［M］．罗念生，译．上海：上海世纪出版社，2005：17-30.

[77] 杨寿堪，李建会，董春雨等．20世纪西方哲学科学主义与人本主义［M］．北京：北京师范大学出版社，2003：273-472.

[78] 叶廷芳．现代艺术的探险者［M］．广州：花城出版社，1986：227-282.

[79] 余匡复．战后瑞士德语文学史［M］．上海：上海外语教育出版社，1992：95-111.

[80] 余匡复．德国文学史：增订修补版下卷［M］．上海：上海外语教育出版社，2013：458-476.

[81] 袁可嘉．欧洲现代派文学概论［M］．桂林：广西师范大学出版社，2002：1-69.

[82] 张冰．陌生化诗学：俄国形式主义研究［M］．北京：北京师范大学出版社，2000：8.

[83] 张伯源．变态心理学［M］．北京：北京大学出版社，2005：151.

[84] 张春兴．现代心理学：现代人研究自身问题的科学［M］．上海：上海人民出版社，1994：449-667.

[85] 张向葵主编．发展心理学［M］．北京：教育科学出版社，2012：290-291.

[86] 赵敦华．现代西方哲学新编［M］．北京：北京大学出版社，2001：136-148.

[87] 中国大百科全书总编辑委员会．中国大百科全书：心理学史［M］．北京：中国大百科全书出版社，1985：49-52.

[88] 中国大百科全书总编辑委员会．中国大百科全书：心理学卷［M］．北京：中国大百科全书出版社，1991：319.

[89] 中国大百科全书总编辑委员会．中国大百科全书：哲学卷［M］．北京：中国大百科全书出版社，1991：1090-1091.

[90] 朱立元主编．当代西方文艺理论［M］．上海：华东师范大学出版社，2012：1-9.

